A CARTA ROUBADA

e outras histórias de crime & mistério

Obras do autor na Coleção L&PM POCKET:

Assassinatos na rua Morgue
A carta roubada
O relato de Arthur Gordon Pym

Edgar Allan Poe

A CARTA ROUBADA

e outras histórias de crime & mistério

Tradução de William Lagos

www.lpm.com.br
L&PM POCKET

Coleção **L&PM** Pocket, vol. 331

1ª edição na Coleção **L&PM** POCKET: setembro de 2003
Esta reimpressão: abril de 2004

Tradução: William Lagos
Capa: Ivan Pinheiro Machado sobre ilustração do arquivo L&PM da Editores
Revisão: Jó Saldanha e Renato Deitos

ISBN: 85.254.1277-5

P743c Poe, Edgar Allan, 1809-1849.
A carta roubada e outras históriasde crime & mistério/ Edgar Allan Poe; tradução de William Lagos. -- Porto Alegre : L&PM, 2003.
208 p. ; 18 cm. -- (Coleção L&PM Pocket)

1.Ficção norte-americana-contos policiais. I.Título. II.Série

CDD 813.872
CDU 820(73)-312.4

Catalogação elaborada por Izabel A. Merlo, CRB 10/329.

Porto Alegre: Rua Comendador Coruja, 314, loja 9 - 90220-180
Floresta - RS / Fone: (0xx51) 3225.5777
informações e pedidos: info@lpm.com.br
www.lpm.com.br

Impresso no Brasil

ÍNDICE

A CARTA ROUBADA

Nil sapientiae odiosius acumine nimio.
Sêneca[1]

Em Paris, logo após o escurecer de uma noite ventosa no outono de 18__, eu estava desfrutando do duplo prazer da meditação e de um cachimbo de *meerschaum*[2], em companhia de meu amigo C. Auguste Dupin, em sua pequena biblioteca dos fundos, o "armário dos livros", localizada *au troisième*, No. 33, rue Dunôt, faubourg St.-Germain. Durante pelo menos uma hora havíamos mantido profundo silêncio, período em que cada um de nós, para um observador casual, poderia ter parecido exclusiva e propositalmente ocupado com os círculos de fumaça que oprimiam a atmosfera da peça. No meu caso, entretanto, eu estava discutindo mentalmente certos tópicos que haviam constituído o assunto de nossa conversação em um período anterior a essa mesma noite; especificamente, estava pensando no caso da Rua Morgue, e o mistério envolvendo o assassinato de Marie Roget. Imaginei, portanto, que fosse uma coincidência quando a porta de nosso apartamento foi aberta vigoro-

---

1. "Nada é tão prejudicial à sabedoria como a excessiva sagacidade." Em latim no original (Sêneca). (N. do T.)

2. *Meerschaum*: espuma do mar. Em alemão no original. Diz-se de cachimbos fabricados com a argila do mesmo nome, encontrada principalmente na Turquia. (N. do T.)

samente e deu entrada a nosso velho conhecido, Monsieur G____, o *Préfect* da polícia parisiense[3].

Ambos o recebemos com a maior cordialidade, porque o homem era tão divertido quanto sua moral e inteligência eram desprezíveis, e não o havíamos encontrado durante vários anos. Tínhamos estado sentados no escuro, e Dupin agora se levantou para acender uma lâmpada, porém sentou-se de novo sem chegar a fazê-lo, depois que G____ declarou que nos tinha vindo consultar – ou antes para pedir a opinião de meu amigo – sobre um assunto oficial que causara bastante incômodo.

– Se é alguma coisa que requeira reflexão – observou Dupin, cessando de acender uma vela – vamos examiná-la melhor no escuro.

– Mais um de seus singulares conceitos – disse o comissário de polícia, que tinha o costume de chamar de "singular" qualquer coisa que se encontrasse além de sua compreensão e assim vivia em meio a uma verdadeira legião de "singularidades".

– É a pura verdade – concordou Dupin, enquanto fornecia um cachimbo a nosso visitante e empurrava uma poltrona confortável em sua direção.

– E qual é a dificuldade desta vez? – indaguei eu. – Nada no ramo do assassinato, espero?

– Ah, não! Nada dessa natureza. De fato, o assunto é muito simples mesmo; não tenho a menor dúvida de que o poderemos resolver satisfatoriamente sozinhos; mas aí eu pensei que Dupin poderia gostar de ouvir os detalhes do caso, porque a coisa toda é tão *singular*...

– Simples e singular – comentou Dupin.

– Ora, é claro que sim. Mas essa descrição tampouco é exata. O fato é, todos nós ficamos um pouco

---

3. *Préfect*: chefe de polícia, comissário. Em francês no original. (N. do T.)

intrigados, porque a questão é *tão* simples e, no entanto, nos confunde inteiramente.

– Talvez seja a própria simplicidade da coisa que induz vocês ao erro – disse meu amigo.

– Mas cada bobagem que você diz! – replicou o comissário, soltando estrondosas gargalhadas.

– Talvez o mistério seja um tanto simples *demais* – falou Dupin.

– Santo Deus! Mas de onde você tirou uma idéia dessas?

– Talvez seja um pouco evidente *demais*.

– Há! Há! Há! – Há! Há! Há! – Hô! Hô! Hô! – explodiu nosso camarada, profundamente divertido. – Oh, Dupin, você ainda vai me matar de tanto rir!

– E qual é, afinal de contas, o assunto em pauta? – perguntei.

– Ora, eu vim mesmo para lhes contar – replicou o comissário, enquanto dava uma longa, firme e contemplativa baforada em seu cachimbo e se ajeitava mais confortavelmente em sua poltrona. – Vou contar-lhes tudo em meia dúzia de palavras; porém, antes de começar, deixem-me preveni-los de que este assunto exige o máximo de sigilo e que eu provavelmente perderia o cargo que ocupo, caso viesse a público que fiz confidências a qualquer pessoa.

– Prossiga – disse eu.

– Ou não – disse Dupin.

– Não, tudo bem. Recebi informações pessoais, oriundas de uma pessoa altamente colocada, de que um certo documento de extrema importância foi roubado dos aposentos reais. O indivíduo que a subtraiu é conhecido; não existe a menor dúvida de quem seja: de fato, há testemunhas que viram quando ele se apossou desse papel. Sabe-se, também, que ele ainda está em posse do referido documento.

– E como sabem disso? – quis saber Dupin.

– Infere-se claramente – replicou o chefe de polícia – da própria natureza do documento e do não surgimento de certas conseqüências, que certamente ocorreriam, no momento em que o documento saísse das mãos do ladrão. Digamos que ele não chegou a utilizá-lo da maneira como ele deve planejar empregá-lo, caso tenha ocasião para tanto.

– Seja um pouco mais explícito – disse eu.

– Bem, eu posso aventurar-me um pouco mais além e dizer que esse papel confere a seu portador um certo poder em determinado círculo, no qual tal poder é imensamente valioso.

O comissário gostava de empregar o jargão diplomático.

– Ainda assim não entendi bem – disse Dupin.

– Não? Bem... A revelação do conteúdo desse documento a uma terceira pessoa, que não identificaremos, colocaria em questão a honra de uma certa personagem, de posição extremamente elevada; este fato confere ao portador do documento uma ascendência sobre esta personagem ilustre, cuja honra e paz de espírito ficam deste modo comprometidas.

– Mas esta ascendência – interpus eu – dependeria do conhecimento, por parte do ladrão, de que a pessoa roubada soubesse a identidade do próprio ladrão. Quem ousaria...?

– O ladrão – disse G____ – é o ministro D____, que é capaz de ousar qualquer coisa, tanto digna como indigna. O método do furto não foi menos engenhoso do que ousado. O documento em questão – uma carta, para falarmos com franqueza – tinha sido recebido pela personagem roubada enquanto esta se achava sozinha no *boudoir*[4] real. Enquanto a examinava, esta personagem foi subitamente interrompida pela entrada de outra personagem exaltada de quem ela especificamente desejava esconder o conteúdo da carta. Depois de uma tentativa apressada e frustrada de colocá-la dentro de uma gaveta, ela foi forçada a depô-la, aberta como estava, sobre o tampo de uma mesa. O endereço, entretanto, achava-se na parte superior e, estando o conteúdo escondido, a carta não despertou atenção. Foi neste momento que entrou o ministro D____, cujo olhar de lince imediatamente pousou sobre o papel, reconheceu no endereço a caligrafia do remetente, observou a confusão da personagem que era a destinatária e, de imediato, desvendou o segredo. Depois de algumas transações de negócios de estado, realizadas apressadamente, como é de seu costume, ele retirou do bolso uma outra carta cujo envelope era parecido com o da carta em questão, abriu-a, fingiu que a estava lendo e então colocou-a exatamente ao lado da que já se encontrava sobre a mesa. Continuou a conversação durante cerca de quinze minutos, sempre tratando dos assuntos públicos. Finalmente, ao despedir-se, ele retirou de cima da mesa a carta que não lhe pertencia. Sua legítima proprietária viu o que ele estava fazendo, mas, naturalmente, não ousou atrair atenção para o ato, na presença da terceira personagem que permanecia ao seu lado. O ministro retirou-se, deixando sua própria carta – que não tinha a menor importância – sobre a mesa, no lugar da outra.

– Eis aqui, portanto – disse-me Dupin –, precisamente o que você exigiu para tornar a ascendência completa – o conhecimento do ladrão de que o perdedor tem conhecimento da identidade de quem o roubou.

---

4. *Boudoir*: sala de estar íntima, geralmente associada à *toilette* feminina. Em francês no original. (N. do T.)

– Sim – respondeu o chefe de polícia –, e o poder assim obtido vem sendo usado, já há vários meses, para a obtenção de resultados políticos, tendo chegado a um ponto muito perigoso. A personagem roubada está inteiramente convencida, e tem mais certeza disto a cada dia que passa, da necessidade de recuperar sua carta. Mas isto, naturalmente, não pode ser feito às claras. Finalmente, levada ao desespero, ela me confidenciou o assunto.

– E a quem mais? – disse Dupin, do meio de um perfeito redemoinho de fumaça. – Que agente mais sagaz poderia, suponho eu, ter sido desejado ou sequer imaginado?

– Você me lisonjeia – replicou o comissário –, mas, realmente, é possível que uma opinião nesse sentido tenha sido formada.

– Está claro – disse eu – que a carta, como o senhor observou, ainda se encontra na posse do ministro, uma vez que é esta posse, e não o emprego da carta, que lhe confere o poder. No momento em que for empregada, o poder desaparece.

– É verdade – disse G____ – Orientei meus procedimentos a partir dessa convicção. Minha primeira providência foi executar uma busca minuciosa na mansão do ministro; aqui encontrei meu primeiro embaraço, dada a necessidade de realizar a busca sem o seu conhecimento. Acima de tudo, tinha sido prevenido do perigo que resultaria de despertar-lhe as suspeitas sobre nossos projetos.

Mas – disse eu – você está inteiramente *au fait*[5] destas investigações. A polícia parisiense tem feito este tipo de coisa com bastante freqüência.

– Ah, sim! E foi por esta razão que eu não me desesperei. Os hábitos do ministro também me deram uma grande vantagem. Freqüentemente, ele se ausenta

5. *Au fait*: perfeitamente familiarizado. Em francês no original. (N. do T.)

de casa a noite toda. Seus criados não são absolutamente numerosos. Eles dormem em uma ala bastante distante dos aposentos de seu patrão e, sendo napolitanos, facilmente se embriagam. Disponho de chaves, vocês sabem, com as quais posso abrir qualquer sala ou qualquer armário em Paris. Durante três meses não se passou uma só noite cuja maior parte eu não tenha me envolvido pessoalmente com a revista da mansão de D____. Minha honra está comprometida, e, para mencionar um grande segredo, a recompensa é enorme. Assim, não abandonarei as buscas até estar plenamente satisfeito de que o ladrão é mais astuto que eu. Acredito ter investigado cada nicho e cada escaninho das salas em que é possível que o documento esteja escondido.

– Porém não será possível – sugeri – que, embora a carta esteja realmente na posse do ministro, como inquestionavelmente está, ele a tenha escondido em algum lugar que não sua própria residência?

– Isto dificilmente será possível – interveio Dupin. – A condição dos negócios da corte presentemente é muito peculiar, especialmente no que se refere a essas intrigas em que se sabe que D____ está envolvido. Tudo isto tornaria a instantânea disponibilidade do documento – a possibilidade de que possa ser apresentado no mesmo momento em que for solicitado – um ponto de importância quase tão grande quanto o de sua própria posse.

– A possibilidade de que possa ser apresentado? – indaguei eu.

– Em outras palavras, de que possa ser imediatamente *destruído* – explicou Dupin.

– Mas é claro – observei. – O documento então está sem a menor dúvida em algum ponto dos aposentos. Quanto à possibilidade de que o ministro o traga sempre consigo, podemos considerar que esteja também fora de questão...

– Inteiramente – disse o comissário. – Ele já foi atacado duas vezes, como se fosse por assaltantes de rua comuns, sendo sua pessoa inteiramente revistada sob minha própria supervisão.

– Você poderia ter-se poupado esse incômodo – declarou Dupin. – D____, presumo eu, não é um tolo completo; e, se não o é, deve ter antecipado a possibilidade de ser assaltado na rua, considerando-a a coisa mais natural do mundo nas circunstâncias.

– Ele não é um tolo *completo* – disse G____. – Mas acontece que ele é um poeta e, segundo creio, isto fica apenas a um passo da tolice total.

– Naturalmente – disse Dupin, após produzir um longo e meditativo anel de fumaça de seu *meerschaum* – embora, eu mesmo tenha sido culpado de cometer eventualmente alguns versos...

– Suponhamos que o senhor explique em detalhe – disse eu – o método que foi empregado na revista dos aposentos...

– Ora, o fato é o seguinte: nós efetuamos a busca sem a menor pressa e realmente investigamos *em toda parte.* Tenho longa experiência nesse tipo de investigação. Na verdade, examinamos o prédio inteiro, sala por sala, dedicando a cada peça as noites de uma semana inteira. Examinamos, primeiramente, o mobiliário de cada aposento. Abrimos todas as gavetas disponíveis. Presumo que vocês saibam que, para um agente policial treinado, a existência de uma gaveta que seja *realmente secreta* é impossível. Somente um idiota perfeito permite que uma gaveta "secreta" escape à sua atenção em uma busca desse tipo. A coisa é simples demais. Há somente uma determinada quantidade de volume – de espaço – em cada móvel, em que possa ser ocultado um compartimento. E depois, dispomos de instrumentos de medição muito acurados. Nem a qüinquagésima parte de um centímetro poderia escapar à nossa atenção. Depois de examinar os armários e as escrivaninhas, investigamos as cadeiras e poltronas. As almofadas foram perfuradas com o auxílio daquelas agulhas longas e extremamente finas que vocês já me viram empregar e que não deixam vestígios. Até mesmo removemos os tampos das mesas...

– Mas para quê?

– Algumas vezes o tampo de uma mesa ou de outra peça de mobiliário semelhante é removido pela pessoa que deseja ocultar determinado artigo. Então uma das pernas é escavada, o artigo depositado na cavidade assim produzida, e o tampo, recolocado sobre a cavidade. As partes superiores e inferiores das colunas de camas de dossel também são algumas vezes empregadas desta maneira.

– Mas a cavidade não poderia ser detectada pelo som? – perguntei.

– De jeito nenhum, desde que, logo depois que o artigo a ser oculto tenha sido depositado, o espaço restante seja preenchido com um chumaço de algodão. Além disso, em nosso caso, devíamos agir sem fazer muito ruído.

– Mas vocês não podem ter removido... vocês não podem ter desmontado *todas* as peças de mobília em que teria sido possível preparar um esconderijo da maneira que o senhor mencionou. Uma carta pode ser comprimida em um rolinho fino e espiralado, não muito diferente em formato ou volume de uma grande agulha de tricô e, desta forma, poderia ser inserida em uma das varas transversais que unem as patas de uma cadeira, por exemplo. Vocês não desmontaram todas as cadeiras, desmontaram?

– Certamente que não; mas fizemos coisa melhor: examinamos as travessas de cada cadeira na mansão; de fato, as peças de união de cada artigo de mobiliário, sob as lentes de um microscópio muito poderoso. Se houvesse o menor arranhão, o menor sinal de que as juntas tivessem sido perturbadas recentemente, teria sido impossível não detectá-lo de imediato. Um único grão de serragem produzido por perfuração, por exemplo, teria se tornado tão óbvio quanto uma maçã. Qualquer defeito na cola – qualquer fenda mais larga nas juntas – teria sido o suficiente para assegurar a detecção de um possível esconderijo.

– Presumo que vocês examinaram os espelhos, também, entre as chapas de vidro e as tábuas da moldura... que sondaram as camas e todas as roupas de cama, do mesmo modo que as cortinas e os tapetes...

– Naturalmente. E quanto tínhamos absolutamente completado o exame de cada partícula dos móveis desta maneira, passamos a examinar a própria casa. Dividimos sua inteira superfície em compartimentos, que numeramos, para que nenhum pudesse ser deixado para trás. Depois escrutinamos cada centímetro quadrado em particular através de cada compartimento de cada aposento. Incluímos na busca as duas casas imediatamente adjacentes, utilizando o microscópio, como antes.

– As duas casas adjacentes? – exclamei. – Mas vocês devem ter tido um trabalho enorme!

– Tivemos; porém a recompensa oferecida é prodigiosa.

– Vocês incluíram os *terrenos* ao redor das casas?

– Todos os terrenos são pavimentados com tijolos. Estes nos deram comparativamente pouco trabalho. Examinamos a argamassa entre os tijolos e não encontramos nenhuma fenda ou lasca que tivesse sido provocada recentemente.

– Vocês, naturalmente, examinaram todos os papéis de D____ e investigaram os livros da biblioteca?

– Mas certamente; nós abrimos cada pacote e cada caixa. Nós não somente abrimos cada livro, como folheamos cada página de cada um deles, sem nos contentarmos em meramente sacudir os volumes, como fazem alguns de nossos colegas da polícia. Nós também medimos a espessura de *cada* capa de cada livro, com os aparelhos mais acurados, e aplicamos a cada uma delas o escrutínio mais cuidadoso do microscópio. Se qualquer uma das encadernações tivesse sido recentemente modificada, seria totalmente impossível que o fato escapasse à nossa atenção. De fato, cinco ou seis volumes, recentemente chegados do encadernador, foram cuidadosamente sondados longitudinalmente com as agulhas que mencionei antes.

– Vocês exploraram os assoalhos por debaixo dos tapetes?

– Sem a menor dúvida. Removemos todos os tapetes e examinamos as tábuas com o microscópio.

– E o papel de parede?

– Também.

– Vocês examinaram os porões?

– Sim, examinamos.

– Então – disse eu –, vocês devem ter cometido um erro de cálculo em alguma parte. A carta não se encontra no prédio, como vocês presumiram.

– É disso mesmo que tenho medo – disse o chefe de polícia. – E agora, Dupin, o que você me aconselha a fazer?

– Examinar novamente todos os aposentos com o maior cuidado.

– Mas isso é absolutamente desnecessário – replicou G____. – Tão seguramente como estou respirando agora, tenho absoluta certeza de que a carta não se encontra na mansão.

– Não tenho nenhum outro conselho melhor para lhe oferecer – disse Dupin. – Vocês dispõem, naturalmente, de uma descrição detalhada da carta?

– Oh, sim!

Neste ponto o comissário retirou de um dos bolsos uma agenda e iniciou uma leitura minuciosa da aparência interna e, especialmente, da aparência externa do documento desaparecido. Logo após terminar o exame da descrição, ele se levantou e saiu, demonstrando em toda a sua atitude um estado de muito maior depressão do que eu jamais vira o bom cavalheiro apresentar anteriormente.

Mais ou menos um mês depois, ele nos fez outra visita, encontrando-nos ocupados de maneira muito semelhante à anterior. Aceitou um cachimbo e uma poltrona e iniciou a conversação com alguns assuntos ordinários. Finalmente, comentei:

– Bem, meu caro G____, como ficou o caso da carta roubada? Presumo que você finalmente chegou à conclusão de que não há meio de superar a engenhosidade do ministro?

– Por mim, ele pode ir para o inferno! Sim, eu realizei um novo exame, minucioso e completo, conforme Dupin sugeriu – mas não passou de trabalho perdido, como eu já previa...

– De quanto é a recompensa oferecida de que você falou? – perguntou Dupin.

– Ora, uma quantia muito grande – uma recompensa de grande liberalidade –, não gosto de dizer quanto é, precisamente; mas *uma* coisa eu posso dizer, uma coisa eu *direi:* não me importaria de assinar um cheque meu particular, no valor de cinqüenta mil francos, em nome de qualquer pessoa que me entregasse aquela carta. O fato é, está-se tornando cada vez mais importante a cada dia que passa, e, recentemente, a recompensa foi dobrada. Mas mesmo que fosse triplicada, eu não poderia fazer mais do que já fiz.

– Ora, é claro – disse Dupin, lentamente, mastigando as palavras por entre as baforadas de seu *meerschaum.* – Eu realmente... penso... meu caro G____..., que você não se esforçou... até o máximo que podia com referência a este assunto. Você poderia... fazer um pouco mais... penso eu, sabe?

– Mas como? De que maneira?

– Ora... puff, puff... você poderia... puff, puff... aconselhar-se a respeito desse assunto, hein?... puff, puff, puff. Você se recorda da história que contam a respeito de Abernethy?

– Não. Por mim, esse Abernethy pode ser enforcado!

– Mas naturalmente! Farão muito bem se o enforcarem. Porém, em determinada ocasião, um certo homem, tão rico quanto avarento, concebeu o desígnio de obter uma consulta médica gratuita deste Abernethy. O espertalhão foi conduzindo a conversação para este assunto, dentro de uma roda de amigos e, para o propósito mencionado, insinuou os sintomas de seu próprio caso ao médico, como se fossem os de um indivíduo imaginário. "Suponhamos" – disse o avarento – "que seus sintomas fossem tais e tais; ora, doutor, o que é que o senhor lhe aconselharia que fizesse?" – "Que fizesse? – respondeu Abernethy. "Ora, eu lhe aconselharia que fizesse uma consulta a um médico, naturalmente!"

– Porém – disse o chefe de polícia, um tanto desapontado. – Eu estou *perfeitamente disposto* a consultar alguém e também a pagar pelo conselho que me der, desde que me tire do embaraço em que me encontro. Eu *realmente* daria cinqüenta mil francos a qualquer pessoa que me ajudasse a resolver este problema!

– Nesse caso – replicou Dupin, abrindo uma gaveta e retirando um talão de cheques –, o senhor pode perfeitamente preencher um cheque em meu nome no valor da importância mencionada. Assim que o senhor tiver assinado, eu lhe entregarei a carta.

Eu estava estupefato. O comissário parecia ter sido atingido por um raio. Por alguns minutos, ele permaneceu sem fala e imóvel, olhando incredulamente para meu amigo, com a boca entreaberta e os olhos dando a impressão de que estavam a ponto de pular das órbitas. Depois, aparentemente se recuperando até certo ponto, segurou uma caneta e, após várias pausas em que ficou contemplando o espaço com um olhar vazio e indeciso, finalmente preencheu e assinou um cheque pessoal de cinqüenta mil francos, estendendo o braço por sobre a mesa e entregando-o a Dupin. Este último examinou-o cuidadosamente e o depositou em sua carteira; então, destrancando sua *escritoire*[6], retirou dela uma carta, que entregou ao chefe de polícia. Este funcionário agarrou-a, com uma expressão de felicidade que chegava às raias da agonia, abriu-a com mãos trêmulas, lançou um rápido olhar em seu conteúdo e, depois, erguendo-se com dificuldade e atrapalhando-se com os próprios pés, correu até a porta, saindo apressadamente e sem a menor cerimônia da sala e da casa, sem ter balbuciado uma única sílaba desde o momento em que Dupin lhe solicitara que preenchesse o cheque.

No momento em que ele tinha ido embora, meu amigo iniciou uma explicação:

– A polícia parisiense – disse ele – é extremamente hábil à sua maneira. Os oficiais são perseverantes, engenhosos, astutos e inteiramente familiarizados com os procedimentos que seus deveres geralmente exigem deles. Deste modo, quando G____ detalhou-nos suas técnicas de busca dos aposentos da Mansão D____, tive plena confiança que ele havia realizado uma investigação satisfatória – dentro dos limites do seu esforço.

---

6. *Escritoire*: mesa ou escrivaninha. Em francês no original. (N. do T.)

– Dentro dos limites do seu esforço...? – repeti eu.

– Sim – disse Dupin. – As medidas adotadas por ele foram não somente as melhores de que se dispunha, mas foram executadas com absoluta perfeição. Se a carta tivesse sido depositada dentro do âmbito abrangido pela busca, esses camaradas a teriam encontrado, sem a menor dúvida.

Eu apenas ri, um tanto incredulamente – mas ele ficou me olhando com o rosto completamente sério, confirmando o que havia dito.

Acontece que as medidas – continuou ele – foram boas em si mesmas e perfeitamente bem-executadas; seu único defeito estava em que não eram aplicáveis nem à situação, nem ao homem. Um certo conjunto de recursos altamente engenhosos constituem para o senhor comissário uma espécie de cama de Procusto[7], à qual ele forçosamente adapta seus projetos. Só que ele perpetuamente erra por se aprofundar demais ou não chegar fundo o bastante em qualquer assunto; de fato, muitos meninos de escola conseguem raciocinar melhor que ele. Conheci um rapazinho de oito anos, cujo sucesso no jogo de "par ou ímpar" atraiu a admiração universal. Este jogo era realizado em sua escola de uma maneira muito simples, empregando-se bolinhas de gude. Um dos jogadores segura na mão fechada um certo número de bolinhas de vidro e indaga do outro se o número é par ou ímpar. Se adivinhar corretamente, o

---

7. Procusto ou Procuste foi um salteador semilendário da Ática grega, cujo nome verdadeiro era Damastes ou Polypemos, apelidado de Procoustes devido a seu hábito de capturar os viajantes que passassem por Corydallos, prendê-los a um leito de ferro e cortar-lhes parte das pernas ou esticá-los com correias até que ficassem exatamente do comprimento da cama. O termo "leito de Procusto" em geral se aplica a uma grande mutilação sofrida por uma obra artística ou literária, ou até mesmo política. (N. do T.)

jogador ganha uma bolinha; se errar, tem de pagar uma. O menino ao qual me refiro acabou ganhando todas as bolinhas de gude da escola... É claro que ele deveria ter algum sistema para adivinhar: o seu se baseava em simples observação e avaliação da astúcia de seus oponentes. Por exemplo, um rapazinho de inteligência limitada é seu oponente e, estendendo a mão fechada, pergunta: "Par ou ímpar?" O nosso escolar responde "ímpar" e perde. Mas na segunda tentativa, ganha, porque diz para si mesmo: "Esse bobalhão usou um número par da primeira vez e sua esperteza só é suficiente para fazer com que ele use um número ímpar da segunda; portanto, eu vou dizer de novo "ímpar". Ele declara que o número é ímpar e ganha. Agora, se o bobalhão é um pouco menos tolo que o primeiro, ele raciocina desta maneira: "Este camarada sabe que da primeira vez eu disse "ímpar"; na segunda, ele vai propor a si mesmo, no primeiro impulso, uma simples variação de par para ímpar, como fez o primeiro tolo; mas aí vai pensar de novo e achar que esta variação é simples demais; finalmente, decidirá colocar na mão fechada um número par de bolinhas, como antes. Portanto, eu vou adivinhar que é "par". Ele diz que é "par" e ganha de novo. Agora, este modo de raciocínio na mente do estudante, que seus colegas acham que "tem sorte", é o quê, em última análise?

– É meramente – declarei eu – uma identificação do seu intelecto racional com o processo de raciocínio de seu oponente.

– É isso mesmo – disse Dupin. – Perguntei ao menino qual o método que ele usava para executar uma identificação *tão* completa dos processos mentais de seus colegas, na qual se embasava o seu sucesso, e recebi dele a seguinte resposta: "Quando eu quero descobrir até que ponto alguém é esperto ou estúpido, bom ou maldoso, ou quais sejam seus pensamentos em determinado momento, eu modifico a expressão de meu rosto, tão parecida quanto possível, de acordo com a expressão que vejo no dele; e então espero para ver que idéias ou que sentimentos surgem em minha mente ou coração, em correspondência com a mesma expressão". Esta resposta do jovem estudante está no fundo de toda a pretensa profundidade que foi atribuída a La Rochefoucault[8], La Bougive, Machiavel ou Campanella.

– E a identificação – disse eu – do intelecto do raciocinador com o de seu oponente depende, se é que eu entendi você corretamente, da precisão com que o intelecto do oponente é medido e avaliado.

– Para apresentar um valor prático, depende disso – respondeu Dupin. – O chefe de polícia e seus auxiliares falham com tanta freqüência, primeiro, pela inexistência desta identificação e, em segundo lugar, por medirem mal, ou antes, por não medirem, o intelecto com o qual estão em competição. Consideram somente *as próprias idéias* de engenhosidade e, ao procurarem alguma coisa escondida, atentam somente para as maneiras segundo as quais eles mesmos a teriam ocultado. Até um certo ponto, estão certos – que sua própria engenhosidade seja uma representação fiel da esperteza *das massas*, porém, quando a sagacidade de um criminoso individual for diferente em caráter da sua própria, naturalmente, quem ganha a partida é o criminoso. Isto sempre acontece quando a inteligência deste é superior à dos policiais; e é bastante comum ocorrer até mesmo quando é inferior. Eles não têm uma variação de princí-

8. François, Duque de La Rochefoucault, 1613-1680, escritor e moralista francês; Pierre de La Bougive ou La Bougie, 1698-1758, escritor e matemático francês; Niccolò Machiavelli, 1469-1527, filósofo político italiano; Tommaso Campanella, 1568-1639, teólogo e reformador italiano, combateu os ensinamentos da Escolástica. (N. do T.)

pio em suas investigações; no melhor dos casos, quando são impulsionados por alguma emergência incomum – ou por alguma recompensa extraordinária – eles estendem ou exageram seus velhos *métodos* e *procedimentos*, sem modificar seus princípios. O que, por exemplo, neste caso de D____, foi realizado a fim de variar seu princípio de ação? O que existe em todas estas perfurações, sondagens, escrutínios e exames com o microscópio, em todas estas divisões da superfície de um edifício em quadrados, em todo este registro de centímetros quadrados – o que existe em tudo isto, senão um exagero da *aplicação* do único princípio ou conjunto de princípios da busca e apreensão, que está baseado em um único conjunto de noções referentes ao engenho humano, com o qual o comissário, na longa rotina do exercício de seu dever, está acostumado? Você não percebe que ele deu por certo que *todos* os homens que desejam esconder uma carta a ocultam, não exatamente em um buraco de verruma perfurado na perna de uma cadeira, mas, pelo menos, em *algum buraco* localizado em um canto ou escaninho fora das vistas, sugerido pela mesma linha de pensamento que levaria um homem a esconder uma carta em um buraco de verruma perfurado na perna de uma cadeira? E você não percebe também que tais escaninhos *recherchés*[9] usados para esse tipo de ocultamento são adaptados somente para ocasiões comuns e seriam adotados exclusivamente por intelectos comuns; pois, em todos os casos de um processo de ocultação, o destino do artigo escondido – o destino a que ele é submetido dentro deste tipo de raciocínio *recherché* – é, em primeiro lugar, tão presumível como imediatamente suspeitado; e, deste modo, sua descoberta não depende, em absoluto, da agudeza intelectual, mas

---

9. *Recherché*: rebuscado, refinado. Em francês no original. (N. do T.)

totalmente de um simples conjunto de cuidado, paciência e determinação dos pesquisadores. E, em qualquer caso de importância real – ou algum caso que pareça ser importante aos olhos da polícia, quando existe uma recompensa de bastante vulto – as qualidades em questão *nunca falham.* Você agora deve ter entendido o que eu queria dizer quando sugeri que, se a carta roubada tivesse sido escondida em qualquer lugar dentro dos limites da investigação do chefe de polícia ou, em outras palavras, se tivesse o princípio de seu ocultamento sido abrangido pelos princípios da polícia, sua descoberta, no devido tempo, estaria completamente fora de dúvida. Este funcionário, entretanto, foi completamente confundido; e a fonte remota de sua derrota se encontra no fato de que acredita que o ministro seja um tolo, porque adquiriu fama como poeta. Todos os idiotas são poetas: esta é uma coisa que o comissário de polícia *sente na alma;* e ele é meramente culpado de um *non distributio medii*[10] ao inferir a partir daí que todos os poetas são idiotas.

– Mas este é realmente o poeta? – indaguei. – Sei que são dois irmãos e que ambos adquiriram reputação nas letras. O ministro, segundo creio, escreveu tratados eruditos sobre cálculo diferencial. Ele é matemático e não poeta.

– Não, você está enganado. Eu o conheço bem: ele é ambos. Sendo poeta *e matemático,* certamente raciocina bem. Sendo apenas matemático, talvez ele nem raciocinasse... e então estaria nas mãos do comissário de polícia.

– Agora você me surpreendeu – afirmei eu. – Suas opiniões são contrariadas pelo consenso da maioria das pessoas. Você não pretende descartar casualmente uma idéia que vem sendo elaborada ao longo dos séculos? A

---

10. *Distributio medii*: tomar a causa pela conseqüência. Não separar as coisas. Em latim no original. (N. do T.)

razão matemática há muito tempo vem sendo considerada como a razão *par excellence*.

"*Il y a à parier* – replicou Dupin, citando Chamfort – *que toute idée publique, toute convention reçue, est une sottise, car elle a convenue au plus grand nombre*"[11]. Os matemáticos, eu lhe garanto, fizeram o melhor que puderam para difundir esse erro popular a que você se refere e que não é um erro menor, somente porque vem sendo proclamado há tanto tempo como a expressão da verdade. Com uma arte que merecia causa melhor, por exemplo, eles insinuaram o termo "análise" na aplicação da álgebra. Os franceses são os originadores deste engano em particular; mas, se um termo tem qualquer importância – se as palavras derivam qualquer valor de sua aplicabilidade –, então "análise" convém à álgebra mais ou menos tanto quanto, em latim, "*ambitus*" implica "ambição", "*religio*" significa "religião" ou "*homines honesti*" designa um conjunto de homens *honrados*[12].

– Vejo que você está comprando briga – comentei – com alguns dos melhores algebristas de Paris... Mas prossiga.

– Contesto a validade – e deste modo a utilidade – daquela razão que é cultivada em qualquer forma especial que não seja a abstratamente lógica. Contesto, em

---

11. "É de se apostar que toda idéia pública, toda convenção aceita seja uma tolice, pois se tornou conveniente à maioria." Em francês no original. (N. do T.)

12. *Ambitus*, significa "abrangência" e não "ambição". "*Homines honesti*" era o termo empregado para designar os membros do Partido dos Optimates, isto é, os Aristocratas, em contraposição a seus opositores do Partido dos Populares, e não se refere ao que modernamente consideramos como "honestidade" ou "honra". Os romanos se referiam à religião como "cultus", sendo o termo "*religio*" adotado pelos cristãos. César e Tito Lívio utilizam o termo "*religio*" no sentido de "escrúpulos de consciência" ou de "superstição"; Cícero emprega-o duplamente no sentido de "escrúpulo e cuidado" e de "profanação". (N. do T.)

particular, a razão treinada para o estudo das ciências matemáticas. A matemática é a ciência da forma e da quantidade; o raciocínio matemático é meramente a lógica aplicada à observação da forma e da quantidade. O grande erro encontra-se em supor que, mesmo as verdades daquilo que é chamado de *álgebra pura* sejam uma verdade abstrata ou geral. E este erro é tão evidente, que realmente fico impressionado pela universalidade com que vem sendo recebido. Os axiomas matemáticos *não são* axiomas de verdade geral. O que é verdadeiro no que se refere a *relações* de forma e de quantidade com freqüência se torna grosseiramente falso no que tange à moral, por exemplo. Nesta última ciência, muito comumente é uma *in*verdade que a soma das partes seja igual ao todo. Em química, este axioma também falha. Falha na consideração de motivos; pois dois motivos, cada um dos quais alicerçado em um determinado valor, não têm necessariamente, quando unidos, um valor que seja igual à soma de seus valores tomados separadamente. Há numerosas outras verdades matemáticas que são somente verdadeiras dentro dos limites de uma *relação.* Porém os matemáticos argumentam, a partir de suas *verdades finitas,* pela força do hábito, como se elas fossem de aplicabilidade geral e absoluta – como o mundo em geral, sem a menor dúvida, imagina que o sejam. Bryant[13], em sua "Mitologia" tão erudita, menciona uma fonte de erro parecida, quando ele diz que "*embora as fábulas pagãs não sejam mais acreditadas pelo público em geral, nos esquecemos continuamente disso e fazemos inferências a partir delas, como se fossem realidades existenciais*". Com relação aos algebristas, entretanto, que também são pagãos, as "fábulas pagãs" são *real-*

13. William Cullen Bryant, 1794-1878, poeta e editor norte-americano. (N. do T.)

mente acreditadas, e as inferências são feitas, não tanto através de um lapso de memória, mas por uma deterioração imperdoável do cérebro. Em resumo, eu ainda não encontrei um único matemático que merecesse confiança fora do estudo das raízes quadradas e cúbicas, nem algum que, pelo menos clandestinamente, não considerasse como um dogma de sua fé que $x^2 + px$ não fosse absoluta e incondicionalmente igual a q. Diga a um desses cavalheiros, por favor, tão somente para fazer uma experiência, que você acredita que possa haver ocorrências em que $x^2 + px$ não seja totalmente igual a q, e, depois que conseguir fazê-lo entender o que você quer dizer, saia de seu alcance o mais depressa possível, pois, sem sombra de dúvida, ele vai tentar nocauteá-lo.

Dupin continuou, enquanto eu meramente ria de suas últimas observações:

O que eu quero dizer é que, se o ministro não fosse mais que um matemático, o comissário não teria tido a menor necessidade de me dar este cheque. Todavia, eu sei que ele é ao mesmo tempo matemático e poeta, e, deste modo, minhas medidas foram adaptadas à sua capacidade, com referência também às circunstâncias que o rodeavam. Eu sabia que ele era um palaciano e também um *intriguant*[14] de considerável ousadia. Um homem desse cacife, considerei eu, não poderia deixar de estar a par dos métodos de ação costumeiros da polícia. Ele não poderia deixar de antecipar – e os acontecimentos demonstraram que ele realmente antecipou – os assaltos a que seria submetido. Deve ter previsto, refleti eu, as investigações secretas em sua residência. Suas freqüentes ausências de casa durante a noite, que foram saudadas pelo comissário

---

14. *Intriguant*: intrigante, maquinador, conspirador. Em francês no original. (N. do T.)

como golpes de sorte que garantiriam seu sucesso, eu considerei somente como *armadilhas,* a fim de dar à polícia suficientes oportunidades para realizar investigações exaustivas e, deste modo, levá-los mais rapidamente à conclusão à qual G____, de fato, acabou chegando: a convicção de que a carta não estava na residência. Percebi, também, que toda a cadeia de pensamentos que acabei de detalhar se referia ao princípio invariável da ação policial em suas buscas por artigos escondidos. Percebi que todo este encadeamento de idéias necessariamente passaria pela mente do ministro. Esta imperativamente o levaria a desprezar todos os esconderijos ordinariamente empregados para fins de ocultação. Ele não poderia, refleti eu, ser tão imprevidente a ponto de não perceber que os recessos mais intrincados e remotos de sua mansão estariam tão abertos aos olhos, às sondagens e às verrumas e aos microscópios do comissário como o mais comum dos guarda-roupas. Percebo, em resumo, que ele seria obrigado, naturalmente, a agir com *simplicidade.* Se não o fizesse deliberadamente, seria induzido a ela por uma questão de escolha. Você se recordará, talvez, de quão desesperadamente o chefe de polícia riu, quando eu lhe sugeri, em nossa primeira entrevista, que era bem possível que este mistério o perturbasse tão profundamente pelo simples fato de ser *tão* evidente.

– Sim – disse eu. – Recordo-me de sua diversão muito bem. Eu realmente pensei que ele ia ter uma convulsão, de tantas gargalhadas...

– O mundo material – prosseguiu Dupin – está cheio de analogias muito adequadas ao imaterial. Assim, alguns toques de verdade foram aplicados ao dogma retórico, ou seja, de que a metáfora ou a comparação podem ser levadas a fortalecer um argumento, do mesmo modo que embelezam uma descrição. O princípio da *vis inertiae*[15], por exemplo, parece ser idêntico na física e na metafísica. Não é mais verdade, para a primeira, que um corpo grande é colocado em movimento com maior dificuldade que um corpo menor e que sua força subseqüente é proporcional a esta dificuldade, do que, para a última, que os intelectos de maior capacidade, enquanto mais firmes, constantes e ágeis em seus movimentos que os de grau inferior, são todavia os que se movem com menor facilidade, os mais embaraçados e cheios de hesitações nas primeiras etapas de seu progresso. E novamente: você já percebeu quais tabuletas de rua, colocadas diante das lojas, são as que mais atraem a atenção?

– Nunca pensei muito a respeito – respondi.

– Existe um jogo de adivinhação – prosseguiu ele – que é realizado com um mapa. Um dos participantes solicita ao outro que encontre uma determinada palavra – o nome de uma cidade, de um rio, estado ou império –, qualquer palavra, em resumo, que esteja inscrita sobre a variegada e confusa superfíciede uma carta geográfica. Um novato nesse jogo tenta, em geral, embaraçar o adversário, solicitando-lhe que encontre os nomes escritos com as letras menores; mas o jogador experimentado seleciona as palavras que se estendem, em grandes caracteres, de uma ponta do mapa até a outra. Estas palavras, como as tabuletas e cartazes com letras grandes demais, escapam à observação justamente porque são excessivamente óbvias. E aqui, o descuido físico é precisamente análogo ao falso conceito moral segundo o qual o intelecto se sujeita a não perceber aquelas considerações que são visíveis demais e palpavelmente evidentes em si mesmas. Mas este é um ponto, segundo parece, que está um pouco acima (ou talvez abaixo) do nível

15. *Vis inertiae*: força da inércia. Em latim no original. (N. do E.)

de compreensão do senhor comissário. Ele nem por um momento considerou a probabilidade, nem sequer a possibilidade de que o ministro tivesse depositado a carta imediatamente debaixo do nariz de todo mundo, como a melhor maneira de evitar que os olhares do mundo a percebessem. Mas quanto mais eu refleti sobre a ousadia, coragem e engenhosidade discriminativa de D____ – considerando ainda o fato de que o documento deveria permanecer sempre *à mão,* caso ele pretendesse lançar mão do mesmo para qualquer propósito; e sobre a evidência decisiva, obtida pelo comissário, de que não se achava escondido dentro dos limites da busca ordinária desse dignitário –, tanto mais me satisfiz de que, a fim de esconder a carta, o ministro tinha recorrido ao expediente abrangente e sagaz de não tentar absolutamente escondê-la.

Cheio destas idéias, equipei-me com um par de óculos verdes e, uma bela manhã, visitei, como se fosse por acidente, a mansão ministerial. Encontrei D____ em casa, bocejando, espreguiçando-se e parecendo estar de folga, como de costume, fingindo encontrar-se no mais alto grau de *ennui*[16]. Ele é, talvez, o ser humano realmente mais enérgico que vive em nossa época – mas somente quando ninguém o está vendo. Para ficar em igualdade de condições com ele, queixei-me da fraqueza de meus olhos e lamentei a necessidade de usar óculos, sob cuja cobertura eu cuidadosa e minuciosamente examinava o aposento, enquanto parecia totalmente absorvido pela conversa do meu anfitrião. Dei atenção especial a uma grande escrivaninha, perto da qual ele estava sentado e sobre a qual se encontravam, em uma mistura confusa, uma porção de cartas e outros papéis, um ou dois instrumentos musicais e alguns livros. Aqui, entretanto,

---

16. *Ennui*: aborrecimento, tédio. Em francês no original. (N. do E.)

após um escrutínio longo e deliberado, eu não enxerguei nada que excitasse qualquer suspeita em particular.

Finalmente, meu olhar, enquanto percorria o circuito da sala, recaiu sobre um porta-papéis barato, feito de cartão comum filigranado, pendurado por uma fita azul e ensebada, presa a uma pequena maçaneta de latão abaixo do centro do tampo da lareira. Neste porta-papéis, que tinha três ou quatro compartimentos, tinham sido colocados cinco ou seis cartões de visita e um único envelope. Este último estava muito sujo e amassado. Tinha sido rasgado quase em dois, bem na metade, como se a intenção inicial de rasgá-lo completamente, antes de jogá-lo fora como uma coisa inútil, tivesse sido alterada ou suspensa por uma decisão momentânea. Tinha um grande lacre negro, com o sinete de D____ colocado *muito* conspicuamente sobre ele, sendo dirigido, com letra pequena e feminina ao próprio ministro D____. Tinha sido atirado descuidadamente e até mesmo com desprezo em uma das divisões superiores do porta-papéis.

Tão logo percebi esta missiva, concluí ser justamente aquela que buscava. Naturalmente, era, para todas as aparências, radicalmente diferente daquela que o comissário nos havia descrito tão minuciosamente. Aqui o lacre era grande e negro, com o sinete de D____; segundo a descrição, era pequeno e vermelho, com as armas ducais da família S____. Esta, estava endereçada ao próprio ministro, com letra diminuta e feminina; naquela, o sobrescrito fora dirigido a uma certa personagem real, em letra claramente ousada e decidida. Somente o tamanho das duas cartas estabelecia um ponto de semelhança entre elas. Porém a mera *radicalidade* destas diferenças, que era excessiva, despertava a atenção: a sujeira, a condição manchada e rasgada do papel, tão inconsistente com os *verdadeiros* hábitos metódicos do ministro D____; tão sugestivos mesmo de um desígnio para iludir quem o contemplasse e levá-lo a acreditar que era uma correspondência inútil. Todas estas coisas, juntamente com a situação mais do que evidente deste documento, jogado perfeitamente às vistas de qualquer visitante – o que estava justamente em concordância com as conclusões a que eu tinha previamente chegado –, todas estas coisas, digo eu, corroboravam fortemente as suspeitas de alguém que viera justamente com a intenção de suspeitar.

Prolonguei minha visita ao máximo e, enquanto mantinha uma conversa mais do que animada com o ministro, sobre um assunto que eu sabia muito bem jamais tinha falhado em despertar o seu interesse e excitálo, mantive minha atenção realmente fixa naquela carta. Neste exame, guardei na memória sua aparência externa e a posição em que se encontrava na repartição superior do porta-papéis. Finalmente, também fiz uma descoberta que me fez abandonar qualquer dúvida trivial que ainda pudesse ter. Ao observar os cantos do papel, reparei que estavam *mais* gastos do que parecia necessário. Apresentavam aquela aparência *quebrada* que se manifesta quando um papel grosso e duro, tendo sido dobrado e apertado com uma espátula, é aberto e novamente dobrado na direção oposta, seguindo as mesmas dobras e as mesmas arestas que formavam as dobras originais. Esta descoberta foi suficiente. Estava claro que a carta tinha sido virada do avesso, como uma luva, com o lado de dentro ficando para fora e depois dobrada novamente e lacrada outra vez. Desejei um bom dia ao ministro e fui embora imediatamente, deixando uma caixa dourada de rapé sobre a mesa.

Na manhã seguinte, fiz uma nova visita a fim de pegar minha caixa de rapé, quando retomamos, muito acaloradamente, a conversa do dia anterior. Enquanto estávamos assim entretidos, todavia, um estouro alto, como se fosse um tiro de pistola, foi escutado logo abaixo das janelas da mansão, sendo seguido por uma série de berros pavorosos e pelos gritos de uma multidão. D____ correu para uma das janelas, abriu-a e olhou para fora. Enquanto isso, fui até o porta-papéis, peguei a carta, coloquei-a no bolso e substitui-a por outra muito semelhante (pelo menos em seu aspecto externo) que havia preparado cuidadosamente em minha casa, imitando o sinete de D____, o que consegui facilmente com uma fôrma feita de massa de pão.

A perturbação na rua tinha sido ocasionada pelo comportamento descuidado de um homem que portava um mosquete. Ele o havia disparado no meio de uma multidão de mulheres e crianças. Demonstrou-se, entretanto, que a carga era de pólvora seca, sem bala no cano; assim, permitiram ao camarada que seguisse seu caminho, como um lunático ou um bêbado. Quando ele tinha se afastado, D____ retornou da janela, até onde eu o havia seguido, imediatamente após tomar posse do objeto pretendido. Pouco depois, despedi-me dele. O pretenso louco tinha sido pago por mim.

– Mas que propósito você tinha – perguntei eu – em substituir a carta por um *fac-simile?* Não teria sido melhor, na primeira visita, ter apanhado a carta abertamente e saído?

Não, porque D____ é um homem desesperado – explicou Dupin – e, ao mesmo tempo, um homem de muita coragem. Sua mansão, igualmente, não está desprovida de criados devotados a seus interesses. Tivesse eu feito a desvairada tentativa que você sugere, é possível que jamais tivesse saído vivo da presença do ministro. Talvez o bom povo de Paris nunca mais ouvisse falar a meu respeito. Mas eu tinha um objetivo além destas considerações. Você sabe quais são as minhas opiniões políticas. Neste caso, agi como partidário da dama em questão. Durante dezoito meses, o ministro a teve em seu poder. Agora, é ela que o tem no seu. Isto porque, sem saber que não está mais em posse da carta, ele vai prosseguir com suas exigências, tal como se ainda estivesse. Assim, inevitavelmente, ele mesmo provocará a destruição de sua carreira política. Sua queda, igualmente, não será mais precipitada do que comprometedora. É muito fácil falar, como o poeta, de que é *facilis descensus Averni*[17], mas em todos os tipos de subida, como Catalani[18] mencionou com referência ao canto lírico, é muito mais fácil subir do que descer. Na presente situação eu não tenho a menor simpatia – pelo menos, não sinto qualquer piedade – por aquele que vai descer. Ele é aquele *monstrum horrendum,* um homem genioso, sem qualquer princípio moral. Confesso, entretanto, que gostaria bastante de ficar sabendo do caráter preciso de seus pensamentos, quando, ao ser desafiado por aquela que o comissário denomina "uma certa personagem", ele seja obrigado a abrir o envelope que eu deixei para ele no porta-papéis.

– Por quê? Você colocou algo especial nele?

– Ora... Não me pareceu que fosse exatamente correto deixar o interior completamente vazio – isso teria sido um pouco insultante. Certa vez, em Viena, D____ me fez passar um mau pedaço, e eu lhe disse, de forma bem-humorada, que não iria me esquecer. Assim, como eu achei que ele sentiria alguma curiosidade com relação à identidade da pessoa que tinha sido mais esperta do que ele, pensei que seria uma pena deixá-lo sem a menor pista. Ele conhece minha caligrafia muito bem, e, deste

---

17. *Facilis descensus Averni*: é fácil descer ao inferno. Em latim no original. (N. do T.)

18. Angelica Catalani (1779-1849) foi uma soprano lírica italiana. (N. do T.)

modo, simplesmente copiei no meio da folha em branco as seguintes palavras:

– *Un dessein si funeste,*
S'il n'est digne d'Atrée, est digne de Thyeste[19].

Estas palavras foram retiradas do poema "Atrée", de Crébillon[20].

19. "Um projeto tão funesto, se não é digno de Atreu, é digno de Tiestes." Em francês no original. Atreu foi um rei lendário de Micenas, que, com o auxílio de seu irmão Tiestes, degolou seu outro irmão, Trisipo. Tiestes, mais tarde, tornou-se amante da esposa de Atreu e procurou tomar-lhe o trono. Após ser exilado, voltou em busca de perdão. Foi bem recebido, mas durante o banquete Atreu mandou servir-lhe a carne dos próprios filhos de Tiestes, Tântalo e Plístenes. (N. do T.)

20. Prosper Jolyot, Sieur de Crais-Billon, chamado Crébillon, 1674-1762, poeta dramático francês. (N. do T.)

METZENGERSTEIN

Um conto em imitação do estilo alemão

Pestis eram vivus – moriens, tua mors ero.[1]
Martinho Lutero

O Horror e a Fatalidade nos perseguiram em todas as eras. Por que então determinar uma data para a história que devo contar? Portanto, não o farei. Além disso, tenho outras razões para escondê-la. Basta dizer que, no período a que me refiro, existia, no interior da Hungria, uma crença estabelecida nas doutrinas da metempsicose, embora fosse mantida oculta aos estrangeiros. Quanto às próprias doutrinas – isto é, a respeito de sua falsidade ou de sua probabilidade, não falarei nada. Afirmo, entretanto, que a maior parte de nossa incredulidade – como fala La Bruyère de todas as nossas infelicidades – *vient de ne pouvoir être seuls*.[2]

Porém existiam alguns pontos na superstição dos húngaros que se inclinavam rapidamente para o absurdo. Eles – os húngaros – diferiam essencialmente das autoridades religiosas orientais. Por exemplo, *a alma* – assim afirmam os primeiros (e estou citando um parisiense inteligente e instruído) – *ne demeure qu'un seul fois dans un corps sensible: au reste – un cheval, un*

---

1. "Se em vida te incomodei, ao morrer, serei tua morte." Em latim no original. (N. do T.)

2. Deriva de não podermos estar sós. Em francês no original. (N. do T.)

chien, un homme même n'est que la ressemblance peu tangible de ces animaux.[3]

As famílias de Berlifitzing e Metzengerstein odiaram-se mutuamente por muitos séculos. Nunca antes duas casas tão ilustres se lançaram uma contra a outra com hostilidade tão mortal. De fato, no momento em que transcorre esta história, foi observado por uma bruxa velha, de aparência esquálida e sinistra, que "o fogo e a água se misturarão, antes que um Berlifitzing aperte a mão de um Metzengerstein". A origem desta inimizade parece encontrar-se nas palavras de uma antiga profecia: "Um nome altivo sofrerá uma queda terrível quando, como o cavaleiro sobre seu cavalo, a mortalidade de Metzengerstein triunfar sobre a imortalidade de Berlifitzing".

Naturalmente, estas palavras tinham pouco ou nenhum significado. Mas causas bem mais triviais já deram origem – sem precisarmos ir muito longe – a conseqüências igualmente prejudiciais. Além disso, as propriedades das duas famílias eram contíguas e estas de há muito exerciam influência rival sobre os negócios de um governo bastante movimentado. Mais ainda, vizinhos muito próximos raramente são amigos – e os habitantes do Castelo Berlifitzing podiam contemplar, olhando de seus altivos contrafortes, as próprias janelas do *Château* Metzengerstein. Acima de tudo, a magnificência mais do que feudal assim divisada era pouco propícia a acalmar os sentimentos de constante irritação dos Berlifitzings, que, além de serem menos ricos, pertenciam a uma linhagem bem menos antiga. Não deve causar espanto, então, que as palavras dessa predição, por tolas que pa-

---

3. "(A alma) só permanece uma única vez em um corpo sensível; quanto ao mais, um cavalo, um cão, até mesmo um homem constitui apenas a semelhança pouco tangível destes animais." Em francês no original. (N. do T.)

recessem, tivessem obtido sucesso na origem e manutenção da discórdia entre duas famílias já predispostas a querelar por todos os motivos da inveja hereditária. A profecia parecia implicar – se é que significava alguma coisa – um triunfo final da casa que já era a mais poderosa; e naturalmente era recordada com a mais amarga animosidade pelos membros da família mais fraca e de menor influência.

Wilhelm, o conde Berlifitzing, embora de linhagem honrada e orgulhosa, na época desta narrativa era um velho enfermiço e meio caduco, cuja única característica notável era uma antipatia inveterada e fora do comum pela família de seus rivais; ao mesmo tempo, tinha amor apaixonado por cavalos e pelas caçadas e nem sua enfermidade corporal, nem sua idade avançada, nem sua incapacidade mental evitavam que participasse diariamente dos perigos da caça.

Por outro lado, Frederick, o barão Metzengerstein, nessa ocasião nem sequer tinha atingido a maioridade. Seu pai, o ministro G____, morrera jovem. Sua mãe, Lady Mary, logo o seguira na tumba. Nessa época, Frederick tinha quinze anos. Em um ambiente citadino, quinze anos não constituem um período de vida muito longo – um rapaz pode ser ainda considerado como uma criança em seu terceiro lustro; porém, em um lugar solitário – em uma solidão tão magnífica como a daquele velho principado –, quinze anos tinham um significado muito mais profundo.

A linda Lady Mary! Como *poderia* ela ter morrido? E logo de tuberculose! Mas este é um caminho que eu mesmo gostaria de seguir. Gostaria que todos os que eu amo perecessem desta gentil moléstia. Que glória! Partir no auge da mocidade, com o sangue jovem, o coração cheio de paixão, a imaginação em pleno fogo, entre as recordações de dias mais felizes – justamente na época em que caem as folhas – e ser enterrado para sempre debaixo das lindas folhas de outono!

Assim morreu Lady Mary. O jovem barão Frederick permaneceu ao lado do caixão de sua mãe, sem que lhe restasse nenhum parente vivo. Colocou a mão sobre a testa tranqüila da morta. Nenhum estremecimento percorreu seu delicado arcabouço, nenhum suspiro brotou de seu peito empedernido. Desumano, voluntarioso, impetuoso desde a infância, tinha chegado à idade de que falo através de uma carreira de dissipação descuidada, caprichosa e sem sentimentos; e em seu coração, já de há muito surgira uma barreira contra todos os pensamentos de santidade e todas as memórias gentis.

Devido a certas circunstâncias extraordinárias, decorrentes das disposições do testamento de seu pai, o jovem barão, por ocasião da morte daquele, entrou imediatamente na posse de suas vastas propriedades. Bens de tal monta raramente pertenceram antes a um único nobre húngaro. Seus castelos eram inumeráveis – e dentre estes o maior e o mais esplêndido era o *Château* Metzengerstein. As linhas limítrofes de seus domínios nunca tinham sido claramente definidas, porém somente seu parque principal abraçava um circuito de oitenta quilômetros.

Quando a herança chegou às mãos de um proprietário assim jovem, com um caráter tão bem conhecido, houve pouca discussão a respeito de sua provável conduta futura, na posse de uma fortuna tão incomparável. E, sem dúvida, pelo espaço de três dias, o comportamento do herdeiro ultrapassou o do próprio Herodes e sobrepujou, de longe, as expectativas de seus admiradores mais entusiastas. Orgias vergonhosas, traições evidentes, atrocidades inauditas levaram seus trêmulos vassalos a compreender rapidamente que nenhuma submissão servil de sua parte e nenhum escrúpulo de consciência do suserano poderiam doravante garantir a menor segurança contra as presas sangrentas e implacáveis de seu pequeno Calígula. Na noite do quarto dia, descobriu-se que os estábulos do Castelo Berlifitzing estavam em chamas; e foi opinião unânime dos vizinhos acrescentar a pecha de incendiário à já pavorosa lista dos delitos e perversidades do jovem barão.

Porém, durante o tumulto ocasionado por esta ocorrência, o jovem nobre assentou-se, aparentemente imerso em meditação, em um vasto e desolado apartamento, localizado nos andares superiores do palácio ancestral dos Metzengerstein. Ricas tapeçarias um tanto desbotadas pendiam lugubremente das paredes, representando as figuras majestosas e sombrias de um milhar de seus ilustres antepassados. *Aqui*, sacerdotes com mantos de arminho e dignitários pontifícios, sentados familiarmente com os autocratas e soberanos, vetavam os desejos de um rei temporal, ou restringiam com o pesado punho da supremacia papal o cetro rebelde do satanás. Ali, os vultos altos e morenos dos príncipes Metzengerstein – seus musculosos corcéis de combate esmagando a carcaça de um inimigo tombado – espantavam os homens de nervos mais fortes com suas vigorosas expressões; e *um pouco mais adiante*, as figuras voluptuosas como cisnes das damas de dias passados flutuavam nos labirintos de uma dança irreal ao som de melopéias imaginárias.

Mas enquanto o barão escutava, ou fingia escutar, a algazarra crescente nos estábulos de Berlifitzing – ou talvez ponderava sobre um novo ato de audácia, quem sabe ainda mais decidido –, seus olhos foram involuntariamente atraídos para a figura de um cavalo enorme, de uma cor muito pouco natural, representado na tapeçaria como pertencente a um ancestral sarraceno da família de seu rival. O próprio cavalo, no primeiro plano do desenho, permanecia imóvel como uma estátua, enquanto um pouco mais além seu desafortunado cavaleiro perecia sob a adaga de um Metzengerstein.

Nos lábios de Frederick surgiu uma expressão maligna, quando ele percebeu a direção que seus olhos tinham tomado, sem que para esse ponto os voltasse conscientemente. Todavia, não mudou a direção do olhar. Muito pelo contrário, subitamente viu-se tomado de uma ansiedade intensa, singular e avassaladora, que parecia tombar como uma mortalha sobre seus sentidos, sem que pudesse explicá-la ou compreendê-la. Foi com dificuldade que reconciliou suas sensações incoerentes e sonhadoras com a certeza de que se achava acordado. Quanto mais contemplava, mais absorvente se tornava o encanto, tanto mais impossível parecia ser afastar a vista da fascinação exercida pela tapeçaria. Porém o tumulto no exterior tornou-se subitamente mais violento e, com uma espécie de esforço enérgico e desesperado, ele dirigiu sua atenção para o clarão de luz avermelhada, lançado em cheio pelas cavalariças chamejantes contra as janelas do aposento em que se achava.

Essa ação, entretanto, foi apenas momentânea – seu olhar retornou mecanicamente para a parede. Para seu extremo horror e espanto, a cabeça da gigantesca montada tinha alterado sua posição enquanto ele olhava para fora. O pescoço do animal, antes arqueado sobre o corpo prostrado de seu amo, como se demonstrasse compaixão, estava agora totalmente esticado na direção do barão. Os olhos, que antes se achavam invisíveis, tinham agora uma expressão vigorosa e quase humana, brilhando com um extraordinário tom vermelho e ardente; e os beiços do animal, distendidos como se a besta estivesse enfurecida, deixavam inteiramente à mostra seus dentes sepulcrais e repugnantes.

Estupefato de terror, o jovem nobre cambaleou até a porta. Quando ele a abriu, uma explosão de luz vermelha invadiu a sala, lançando sua sombra claramente delineada contra a tapeçaria tremulante. E ele estremeceu, ao perceber que aquela sombra, enquanto ele permanecia por um momento de vacilação no umbral da porta, assumia a posição exata e preenchia precisamente o contorno do matador implacável e triunfante do sarraceno Berlifitzing.

Para aliviar a depressão de seu espírito, o barão correu para o ar livre. No portão principal do castelo, encontrou três cavalariços. Com muita dificuldade e com perigo evidente para suas próprias vidas, estavam tentando restringir os saltos convulsivos e pouco naturais de um cavalo gigantesco, com pelagem cor de fogo.

– De quem é esse cavalo? De onde o trouxeram? – indagou o jovem em um tom queixoso e enrouquecido, pois instantaneamente percebera que o misterioso corcel do salão das tapeçarias era a reprodução exata do furioso animal que se achava diante de seus olhos.

– Ele é vossa propriedade, senhor – replicou um dos cavalariços –, ou, pelo menos, ninguém mais alega que lhe pertença. Nós o capturamos quando fugia, fumegante e espumando de raiva, dos estábulos em fogo do Castelo Berlifitzing. Pensamos que pertencesse à coudelaria de cavalos estrangeiros do velho conde e o levamos de volta, como é costume com os desgarrados. Mas os estribeiros de lá negaram que o animal pertencesse ao castelo – aliás, uma coisa muito estranha, já que ele traz sinais evidentes de ter escapado das chamas com grande dificuldade.

– As letras W. V. B. estão marcadas distintamente em sua testa – interrompeu um segundo cavalariço. – Acreditei, naturalmente, que eram as iniciais de Wilhelm Von Berlifitzing, mas toda a gente do outro castelo afirma positivamente não ter o menor conhecimento desse cavalo.

– Eis uma coisa extremamente singular! – exclamou o jovem barão, com um ar pensativo e aparentemente inconsciente do significado de suas palavras. – Este é, como vocês dizem, um cavalo notável – um cavalo prodigioso! Ainda que, como vocês certamente perceberam, seja de caráter arisco e intratável. Pois que fique sendo meu – aduziu, após uma pausa. – Talvez um cavaleiro da categoria de Frederick de Metzengerstein seja capaz de domar até esse demônio saído dos estábulos de Berlifitzing.

– Estais enganado, meu senhor. O cavalo, como penso ter mencionado, não pertence às estrebarias do conde. Se esse fosse o caso, conhecemos o nosso dever; nunca o teríamos trazido perante um nobre de sua família.

– É bem verdade! – observou o barão, secamente.

Nesse instante, um pajem que servia diretamente ao barão veio do *Château* com passos rápidos e o rosto afogueado. Sussurrou ao ouvido de seu senhor um relato do súbito e miraculoso desaparecimento de uma pequena porção da tapeçaria pendurada em um dos apartamentos do castelo, referindo qual deles era; ao mesmo tempo, descreveu detalhes minuciosos e circunstanciais, mas com um tom de voz sigiloso, de tal modo que nada escapou para satisfazer à curiosidade excitada dos cavalariços.

Enquanto escutava, o jovem Frederick pareceu agitado por uma notável variedade de emoções. Mas logo recobrou o domínio de si mesmo, e uma expressão de malignidade determinada firmou-se-lhe sobre o rosto. Deu ordens peremptórias para que determinado salão do castelo fosse trancado e a chave entregue à sua própria guarda.

– Amo, ouvistes falar da lamentável morte do velho caçador Berlifitzing? – disse ao barão um de seus vassalos, depois que o pajem se havia retirado e a imensa montaria misteriosa que o nobre havia adotado como propriedade sua se empinava e corcoveava, em fúria redobrada e sobrenatural, ao longo da comprida avenida que se estendia do castelo até as estrebarias de Metzengerstein.

– Não! – respondeu o barão, voltando-se abruptamente para seu interlocutor. – Você afirma que ele morreu?

– Sem a menor dúvida, milorde. Para um nobre com seu nome, imagino que esta notícia não será mal recebida.

Um rápido sorriso perpassou o belo rosto do barão, cujo significado pareceu singular e ininteligível para o pajem.

– E como morreu ele?

– Em seus esforços imprudentes para resgatar uma parte dos animais favoritos de sua equipagem de caça, ele próprio pereceu miseravelmente entre as chamas.

– Realmente! – exclamou o barão, como se estivesse sendo lenta e deliberadamente impressionado pela verdade excitante de uma idéia que lhe havia ocorrido.

– Realmente – concordou o vassalo.

– Que coisa mais horrível – disse o jovem calmamente, retornando em silêncio ao *Château*.

A partir desta data, uma visível alteração ocorreu no comportamento do jovem e dissoluto barão Frederick Von Metzengerstein. Sem dúvida, seus atos desmentiram todas as expectativas e demonstraram pouco acordo com as manobras de muitas damas da nobreza rural, cujas filhas estavam na idade de casar, embora seus hábitos e conduta não fossem em absoluto semelhantes aos de seus vizinhos aristocratas, menos ainda do que tinham sido anteriormente. Ele nunca era encontrado fora dos limites de seus próprios domínios e no amplo mundo da sociedade permanecia totalmente sem companheiros – a não ser que se considerasse que aquele cavalo estranho, impetuoso, de pelagem cor de fogo, que desde então cavalgou continuamente, tivesse algum direito misterioso a ser chamado de seu amigo.

Por longo tempo, entretanto, convites numerosos e periódicos vinham dos vizinhos: "O sr. barão quer honrar nossos festivais com sua presença?" – "O sr. barão quer participar conosco de uma caçada ao javali?" E as respostas arrogantes e lacônicas eram: "Metzengerstein não irá", ou "Metzengerstein não aprecia caçadas".

Estes insultos repetidos não podiam ser suportados facilmente por uma nobreza voluntariosa. Os convites tornaram-se menos cordiais – menos freqüentes – e finalmente cessaram por completo. A viúva do infeliz conde Berlifitzing chegou mesmo a expressar sua esperança "de que o barão poderá ter de ficar sozinho em casa quando não desejar ficar em casa, uma vez que desdenhou a companhia de seus iguais; e que poderá ter de andar a cavalo quando preferir não cavalgar, uma vez que preferiu a companhia de um cavalo". Naturalmente esta era somente uma explosão de desdém hereditário e apenas demonstrava como nossas assertivas podem ser tão singularmente desprovidas de significado ao tentarmos expressar um pouco mais de energia que o comum.

As pessoas mais caridosas, não obstante, atribuíram a alteração na conduta do jovem nobre à tristeza natural de um filho pela perda prematura de seus pais; todavia esqueciam seu comportamento atroz e descuidado durante o curto período que sucedeu de imediato a essa perda. Houve de fato alguns que sugeriram que o jovem barão fazia uma idéia demasiado arrogante de sua própria importância e dignidade. E houve ainda outros, entre os quais podemos mencionar o médico da família, que não hesitaram em mencionar uma melancolia mórbida e um mal hereditário; ao passo que alusões obscuras de natureza mais tenebrosa tinham livre curso entre as pessoas comuns.

Sem dúvida o apego depravado do barão ao corcel que recentemente adquirira, uma ligação que parecia auferir novas forças a cada novo exemplo da inclinação feroz e demoníaca do animal, finalmente tornou-se, aos olhos de todos os homens razoáveis, um fervor pavoroso e contra toda a natureza. No esplendor do meio-dia, nas horas mortas da noite, na doença como na saúde, no bom tempo como na tempestade, à luz da lua ou em plena escuridão, o jovem Metzengerstein parecia pregado à sela daquele cavalo colossal, cuja audácia intratável combinava tão bem com seu próprio espírito.

Surgiram circunstâncias, além disso, que, acopladas aos eventos mais recentes, atribuíam um caráter irreal e portentoso à mania do cavaleiro e às capacidades da montada. Alguém havia medido acuradamente o espaço percorrido por um único salto e verificou-se que excedia de longe as expectativas mais ousadas das pessoas de maior imaginação. Mais ainda, o barão não havia posto um *nome* particular no animal, embora todos os demais exemplares de sua extensa coudelaria tivessem sido distinguidos por denominações especiais. Sua baia, também, havia sido escolhida a uma boa distância das ocupadas pelos outros animais; e no que se refere à limpeza e outras tarefas necessárias ao trato da besta, somente o proprietário se animava a executá-las ou até mesmo a entrar no recinto daquela baia particular. Ainda foi observado que, embora os três cavalariços que haviam capturado o animal quando fugira da conflagração em Berlifitzing tivessem sido capazes de interromper-lhe a fuga com laço e freio, nenhum dos três foi capaz de afirmar, com absoluta certeza, que tivesse de fato posto a mão sobre a cabeça ou o corpo do animal, seja durante aquela luta perigosa, seja em qualquer período posterior. Demonstrações de uma estranha inteligência através do comportamento daquele nobre e vigoroso corcel não seriam capazes de despertar demasiada atenção, especialmente entre homens acostumados a trabalhar com cavalos e a caçar com eles e que conheciam muito bem a sagacidade desses animais – mas certas circunstâncias acabaram por impor-se violentamente sobre as mentes dos mais impassíveis e céticos –, e narravam-se por exemplo algumas ocasiões em que este animal singular e misterioso fizera a multidão embasbacada que o rodeava afastar-se, cheia de um terror silencioso perante o significado profundo e impressionante de seu temperamento terrível – mencionavam-se até mesmo momentos em que o próprio jovem Metzengerstein empalidecera e recuara diante da expressão rápida e perscrutadora de seu olhar intenso e quase humano.

Todavia, em todo o séquito do barão, não se encontrava ninguém que duvidasse do ardor daquela afeição extraordinária que existia no coração do jovem nobre pelas ferozes qualidades de seu cavalo, com exceção de um jovem pajem insignificante e deformado, portador de todos os aleijumes possíveis e cuja opinião não era levada na menor conta. Este – se é que vale a pena mencionar suas idéias – tinha o desplante de afirmar que seu amo nunca saltava para a sela sem um estremecimento inexplicável e quase imperceptível; e que, ao retornar de suas longas cavalgadas habituais, uma expressão de malignidade triunfante distorcia todas as feições de seu rosto.

Em uma noite tempestuosa, Metzengerstein, desperto de um sono pesado e opressivo, desceu de seu quarto como um possesso, montou a toda pressa e lançou-se para os labirintos da floresta. Uma ocorrência bastante comum, que não despertaria nenhuma atenção em particular, mas seu retorno foi aguardado com intensa ansiedade por seus criados quando, após algumas horas de ausência, as fortificações magníficas e estupendas do *Château* Metzengerstein começaram a estalar e a tremer até os alicerces, sob a influência de uma densa e lívida massa de fogo incombatível.

Quando as chamas foram percebidas pela primeira vez, já tinham progredido a tal ponto que qualquer esforço para salvar alguma parte do edifício era evidentemente inútil; e assim, a criadagem e a vizinhança atônitas permaneceram ao redor do castelo, imóveis e silenciosos, cheios de um espanto que lhes tirava toda vontade de agir. Porém um acontecimento novo e terrível logo atraiu a atenção da turba e demonstrou como é muito mais intensa a excitação dos sentimentos de uma multidão através da contemplação da agonia humana do que aquela provocada pelos espetáculos mais aterradores da matéria inanimada.

Subindo a longa avenida de antigos carvalhos que conduzia da floresta à entrada principal do *Château* Metzengerstein, foi avistado um corcel, que carregava um cavaleiro sem chapéu e com as roupas em desordem, saltando com uma impetuosidade que superava a do próprio Demônio da Tempestade, que arrancou das gargantas de cada espectador assombrado a exclamação: "Horrível!"

Não havia a menor dúvida de que a carreira não podia ser controlada pelo cavaleiro. A agonia de seu semblante, a luta convulsiva evidente em todo o seu corpo, tudo ressaltava um esforço sobre-humano; mas nenhum som, exceto um grito agoniado, escapava de seus lábios dilacerados, que ele mordia cada vez mais, na intensidade de seu terror. Mais um instante e o tropel dos cascos ressoou clara e asperamente acima do bramido das labaredas e do uivo dos ventos – outro instante e, ultrapassando de um único salto o portão e o fosso, o corcel galgou a escadaria vacilante do palácio e, arrastando consigo o cavaleiro, desapareceu no torvelinho caótico do incêndio.

A fúria da tempestade imediatamente cedeu, sucedida de imediato por uma calmaria mortal. Uma flama branca ainda envolveu o edifício como se fosse uma mortalha e, elevando-se a grande altura na atmosfera tranqüila, dardejou um clarão de luz sobrenatural; e uma nuvem de fumaça abateu-se pesadamente sobre as ameias, delineando claramente a figura colossal de um cavalo.

Berenice

Dicebant mihi sodales, si sepulchrum amicae visitarem, curas meas aliquantulum fore levatas.[1]

Ebn Zaiat

A desgraça se apresenta sob muitos aspectos. O infortúnio da terra surge sob muitos disfarces. Abraçando o vasto horizonte como o arco-íris, suas tonalidades são tão variadas quanto as nuances daquele arco – e igualmente distintas, embora sejam intimamente misturadas. Abarcando o amplo horizonte como faz o arco-íris! Como se explica que de uma imagem tão bela eu tenha derivado um exemplo de fealdade? Como retirei do símbolo da aliança da paz um exemplo de infortúnio? Do mesmo modo que na ética o mal é uma conseqüência do bem, é de fato da alegria que nasce a infelicidade. Seja porque a lembrança da felicidade passada nos enche hoje de angústia; ou porque nos entregamos às agonias que se originam no êxtase *do que poderia ter sido*.

Meu nome de batismo é Egeus; não mencionarei o nome de minha família. Todavia, não há torres em minha terra mais honradas pelo tempo que as do paço lúgubre e acinzentado de meus ancestrais. Nossa estirpe tem sido denominada uma raça de visionários e, em muitos detalhes importantes, no estilo da mansão da família, nos afrescos do salão principal, nas tapeçarias penden-

---

1. "Meus amigos me garantiram que, se visitasse o sepulcro de minha amiga, obteria um certo alívio para minha tristeza." Em latim no original. (N. do T.)

tes das paredes dos dormitórios, no cinzelado dos arcobotantes da sala de armas, porém mais especialmente na galeria de pinturas antigas, na maneira como o salão da biblioteca foi construído e, finalmente, na própria natureza peculiar dos livros contidos nessa biblioteca, há mais do que suficiente evidência em favor dessa assertiva.

As recordações de meus primeiros anos estão ligadas a essa câmara e a seus volumes, que não pretendo descrever agora. Aqui morreu minha mãe. Aqui nasci eu. Mas é apenas uma afirmação ociosa dizer que eu não tinha vivido antes – que a alma não tem existência anterior ao nascimento. Não concordam com isto? Bem, não vamos perder tempo discutindo este assunto. Basta dizer que estou convencido disto e que não procuro convencer os demais. Há, no entanto, uma lembrança de formas aéreas, de olhos espirituais cheios de significado, de sons musicais e melancólicos, uma recordação que não pode ser apagada; uma memória tal qual uma sombra, vaga, variável, indefinida e inconstante; e também como uma sombra é a impossibilidade de me libertar dessa reminiscência enquanto perdurar a luz de minha razão.

Nesse salão eu nasci. Assim despertei da longa noite do que se assemelhava, ainda que não fosse realmente, à inexistência, para surgir de uma vez na própria terra da fadas, dentro de um palácio da imaginação, nos espantosos domínios do pensamento monástico e da erudição. Não é de espantar que eu lançasse o meu olhar em derredor com olhos espantados e ardentes, que gastasse minha infância na leitura e dissipasse minha juventude em devaneios; o que é singular é que, à medida que se passavam os anos e o auge da masculinidade me encontrou ainda na mansão de meus pais, uma maravilhosa estagnação tenha caído sobre as fontes de minha vida e uma inversão total e espantosa ocorresse no caráter de meus pensamentos mais triviais. A realidade do mundo me afetava como se fossem visões, tão-somente o resultado de minha imaginação, enquanto as idéias desenfreadas da terra dos sonhos se tornavam, por sua vez, não o conteúdo de minha existência diária, mas minha existência real, completa e absoluta em si mesma.

Berenice e eu éramos primos e crescemos juntos nos salões de meus antepassados. Todavia, crescemos de forma bastante diversa – eu, enterrado na melancolia de uma disposição enfermiça; ela, ágil, graciosa, transbordando de vitalidade. Ela corria pelas colinas, eu estudava no claustro. Eu morava em meu próprio coração e acostumava o corpo e a alma às mais intensas e penosas meditações, ela dançava descuidada através da vida, sem pensar nas sombras que a aguardavam em seu caminho ou na fuga silenciosa das horas de asas negras como as dos corvos. Berenice! Invoco seu nome: Berenice! – e desde as ruínas cinzentas da memória mil recordações tumultuosas são despertadas pelo som. Ah, como está vívida sua imagem diante de mim agora, como nos primeiros dias de sua jovialidade e alegria! Ah, deslumbrante e fantástica beleza! Ah, sílfide entre os arbustos de Arnheim![2] Ah, náiade entre suas fontes! E depois... depois tudo é mistério e terror, uma narrativa que não deveria ser contada. A doença, uma moléstia fatal, soprou como o simum do deserto sobre seu corpo e, enquanto eu a contemplava, o espírito da transformação lançou-se sobre ela, invadindo sua mente, seus hábitos e seu caráter, perturbando da forma mais sutil e terrível até mesmo sua identidade! Ai de mim! O destruidor veio e se foi... e a vítima, onde estava? Eu não mais a conhecia – não a reconhecia mais como Berenice.

---

2. Antiga cidade da Holanda, célebre por seus jardins. (N. do T.)

Dentre a numerosa cadeia de doenças induzidas por aquela primeira e fatal moléstia, pode ser mencionada uma em particular, que efetuou uma metamorfose de caráter tão horrível na condição física e moral de minha prima: foi a mais obstinada e acabrunhante por sua natureza, uma espécie de epilepsia, que muitas vezes terminava por um *transe*, um estado de catalepsia que muitas vezes lembrava uma dissolução definitiva, do qual ela se recobrava, na maior parte das vezes, de maneira espantosamente abrupta. Enquanto isso, minha própria doença, pois me disseram muitas vezes que não me deveria referir a isto por outro nome, minha própria moléstia, se assim querem, cresceu rapidamente de intensidade, assumindo finalmente o caráter de uma monomania de forma nova e extraordinária, ganhando vigor a cada hora, crescendo a cada momento, até obter finalmente o controle mais incompreensível sobre mim. Esta monomania, se é o termo que devo empregar, consistia de uma irritabilidade mórbida daquelas propriedades da mente que a ciência metafísica denominou de *atenção*. É mais do que provável que eu não seja entendido; e temo, realmente, não ser possível transmitir de forma alguma à mente do leitor comum uma idéia adequada daquela *intensidade de interesse* nervosa através da qual, no interior de minha mente, os poderes da meditação (para não falar de maneira técnica) se aplicavam e absorviam na contemplação até mesmo dos objetos mais ordinários do universo.

Meditar infatigavelmente e por longas horas sobre o que atraía minha atenção: às vezes, um desenho frívolo à margem da página ou a fonte em que eram tipografadas as palavras do livro; permanecer absorto durante a maior parte de um dia de verão na contemplação de uma sombra extravagante que se estendia obliquamente sobre os desenhos de uma tapeçaria ou simplesmente ao longo do assoalho; perder-me por uma noite inteira a contemplar a chama constante de uma lâmpada ou as brasas da lareira; sonhar dias inteiros com o perfume de uma flor; repetir monotonamente alguma palavra comum, até que o som, pela força da repetição freqüente, cessasse de transmitir qualquer idéia à mente; perder todo o sentido de movimento ou de existência física, por meio de uma imobilidade corporal absoluta em que perseverava longa e obstinadamente – estes eram alguns dos sintomas mais comuns e menos perniciosos induzidos pelas condições de minhas faculdades mentais; sem dúvida, haveria outras pessoas em situação semelhante, mas, mesmo assim, minhas peculiaridades desafiavam qualquer análise ou explicação.

Não me compreendam mal. Esta atenção indevida, ansiosa e mórbida, que era assim excitada por objetos em si mesmo triviais, não deve ser confundida com aquela propensão básica ao devaneio, que é comum a toda a humanidade e praticada mais especialmente por aqueles dotados de maior imaginação. E não era sequer, como poderia ser imaginado à primeira vista, uma condição extrema, um exagero dessa propensão, mas desde o princípio essencialmente singular e diferente. Na situação comum, o sonhador ou o entusiasta, que se acha em geral interessado por um objeto que *não* é frívolo, imperceptivelmente perde de vista este objeto, em um emaranhado de deduções e sugestões provocadas por ele, até que, na conclusão de um devaneio *freqüentemente repleto de voluptuosidade*, descobre que o *incitamento*, ou causa primária de sua meditação, está completamente esquecido e desapareceu de sua consciência. No meu caso, o objeto principal era *invariavelmente trivial e frívolo*, embora assumisse, através de minha visão distorcida, uma importância irreal e cintilante. Eram feitas muito poucas deduções, se é que se fazia alguma; mas as que havia, retornavam pertinazmente ao centro do objeto original. Minhas meditações *nunca* tinham um caráter agradável; ao término do devaneio, a causa inicial, longe de estar perdida, tinha atingido aquele interesse exagerado e sobrenatural que constituía a característica dominante de minha doença. Em resumo, a parte de minha mente mais particularmente utilizada era, como disse antes, a *atenção*, enquanto os sonhadores costumam exercitar mais a *especulação*.

Nesta época, meus livros, se de fato não serviam para reforçar a doença, partilhavam em grande parte de sua natureza imaginativa e inconseqüente e, como é fácil de perceber, participavam dos sintomas característicos do próprio mal. Entre outros, recordo o tratado do nobre italiano Coelius Secundus Curio, *De Amplitude Beati Regni Dei*: a grande obra de Santo Agostinho, *A Cidade de Deus*; e o trabalho de Tertuliano, *De Carne Christi*, em que a frase paradoxal, *"Mortuus est Dei filius; credibile est quia ineptum est; et sepultus resurrexit; certum est quia impossibile est"*[3] ocupou-me o tempo todo, durante muitas semanas de investigação laboriosa e infrutífera.

Fica deste modo demonstrado que, desequilibrada somente por coisas triviais, minha razão se assemelhava àquele recife no meio do oceano, citado por Ptolomeu Hefestion, que resistia firmemente a todos os ataques da violência humana e à fúria ainda mais feroz das águas e dos ventos, mas tremeu ao simples toque das pétalas de uma flor chamada asfódelo, que é um tipo de lírio. E mesmo que, para um observador apressado, pudesse parecer fora de dúvida que a alteração produzida pela infeliz moléstia na condição *moral* de Berenice me fornecesse muitas razões para o exercício daquela meditação intensa e anormal, cuja natureza venho me esforçan-

---

3. "Morto está o filho de Deus; creio porque é absurdo; e ressurgiu do sepulcro; é verdadeiro porque é impossível." Em latim no original. (N. do T.)

do para explicar, este não era o caso em absoluto. Nos intervalos de lucidez de minha enfermidade, o desastre que se abatera sobre ela, sem a menor dúvida, me causava dor; e nas profundezas de meu coração eu ponderava freqüente e amargamente sobre a calamidade que ocasionara tão de repente uma revolução assim estranha. Mas estas reflexões não partilhavam das idiossincrasias de minha doença: eram as mesmas que teriam ocorrido nas mesmas circunstâncias à maioria das pessoas. Fiel a sua própria natureza, meu desequilíbrio mental deleitava-se nas mudanças menos importantes, porém mais assombrosas que ocorriam no aspecto *físico* de Berenice, na distorção singular e espantosa de sua personalidade.

Durante os dias mais brilhantes de sua beleza sem par, sem a menor dúvida eu não me achava apaixonado por ela. Nesta estranha anomalia de minha existência, meus sentimentos *nunca provinham* do coração: minhas paixões *sempre surgiam* do fundo da mente. Através do acinzentado alvorecer, nas sombras em treliça dos galhos da floresta em pleno meio-dia, no silêncio de minha biblioteca durante as noites, ela havia saltitado diante de meus olhos e eu a contemplara, não como a Berenice vivaz e bela, mas como a Berenice de um sonho; não um ser terrestre e mundano, mas a abstração desse ser; não uma coisa admirável, mas um fenômeno a ser analisado; não um objeto de amor, porém o tema das especulações mais abstrusas e estéreis. Mas *agora*! Agora eu tremia em sua presença, empalidecia quando se aproximava; ainda que lamentasse amargamente sua condição decaída e desolada; e ao recordar-me de que ela me amara por longo tempo, em um momento de perversidade, pedi-a em casamento.

E finalmente o período de nossas bodas estava a aproximar-se, quando, em uma tarde de inverno, um desses dias inesperadamente quentes, serenos e enevoados, que resultam dos cuidados do belo martim-pescador,[4] assentei-me sozinho, segundo pensava, na parte mais recôndita da biblioteca. Mas, ao erguer os olhos, percebi que Berenice estava parada diante de mim.

Terá sido minha própria imaginação excitada ou a influência sombria da atmosfera, o crepúsculo incerto da câmara ou as cortinas cinzentas que envolviam sua figura que lhe deixaram a silhueta tão vacilante e indistinta? Eu não poderia dizer. Ela não emitiu uma só palavra e eu, nem por todo o ouro do mundo poderia ter proferido uma única sílaba. Um arrepio gelado percorreu-me a espinha, uma sensação de ansiedade insuportável me oprimiu, uma curiosidade invencível invadiu-me a alma; e, descaindo sobre a poltrona, permaneci por algum tempo imóvel e sem respirar, com meus olhos cravados sobre ela. Ai de mim! Estava excessivamente pálida e nem sequer um vestígio de seu aspecto anterior permanecia ou se revelava em qualquer linha de seu vulto. Meu olhar ardente finalmente subiu para seu rosto.

A testa era alta e muito pálida, singularmente tranqüila; e os cabelos que tinham sido negros como azeviche a recobriam parcialmente e ensombreavam as têmporas fundas com numerosos cachos que eram agora de um amarelo vivo, contrastando violentamente em seu aspecto fantástico com a melancolia que reinava no semblante. Os olhos estavam sem vida, sem brilho, aparentemente sem pupilas; contraí-me involuntariamente diante daquele olhar de vidro e contemplei os lábios finos e murchos. Estes se separaram; e, em um sorriso cheio de significado, *os dentes* desta nova Berenice arreganharam-se lentamente diante de minha vista. Prouvera a

---

4. Pois como Júpiter, durante a estação do inverno, nos dá duas vezes sete dias de calor, os homens têm afirmado que estas épocas temperadas resultam dos cuidados do belo martim-pescador – Simônides. (N. do A.)

Deus que nunca os tivesse contemplado ou que tivesse morrido tão logo os vi!

O som de uma porta batendo perturbou-me e, erguendo os olhos, descobri que minha prima tinha deixado a câmara. Mas não tinha partido, ai de mim!, da câmara desordenada de meu cérebro, nem eu podia expulsar o branco e terrível espectro de seus dentes. Não havia uma mancha em sua superfície, nem uma mácula em seu esmalte, a menor quebra em suas pontas, mas aquele breve período de seu sorriso havia bastado para marcá-los como uma brasa em minha memória. Agora eu os percebia ainda mais claramente do que quando os havia realmente contemplado. Os dentes! Os dentes! Estavam aqui, estavam ali, estavam por toda parte, visivelmente, palpavelmente diante de mim: longos, finos, excessivamente brancos, com os lábios pálidos se arreganhando ao redor deles, no próprio momento em que alcançavam sua nova forma pela primeira vez. Então caiu sobre mim a fúria total de minha *monomania* e lutei em vão contra sua estranha e irresistível influência. Enquanto olhava para os múltiplos objetos do mundo exterior, só tinha pensamentos para os dentes. Ansiava por eles com um desejo frenético. Todas as outras questões, todos os diferentes interesses ficavam absorvidos por esta única contemplação. Eles, somente eles se faziam presentes perante os olhos da mente e em sua única individualidade se tornaram a essência de minha vida mental. Era como se eu os segurasse nas mais diferentes luzes, como se os revirasse em todas as posições possíveis. Examinava suas características. Detinha-me em todas as suas peculiaridades. Ponderava sobre sua conformação. Meditava sobre a alteração de sua natureza. Arrepiava-me todo enquanto lhes atribuía, em minha imaginação, um poder sensível e consciente e até mesmo a capacidade de expressões morais, ainda quando desprovidos de lábios.

Uma vez foi muito bem expressado sobre Mademoiselle Sallé que "*tous ses pas étaient des sentiments*" e agora eu podia dizer de Berenice com a crença mais sincera que "*tous ses dents étaient des idées*".[5] *Des idées!* – sim, aqui estava o pensamento irracional que me destruiu! *Des idées!* – era por isso que eu os cobiçava tão loucamente! Sentia que apenas sua posse poderia restaurar minha paz e devolver-me a razão.

E assim a noite se fechou sobre mim – e então veio a escuridão, permaneceu e depois se foi – o dia raiou novamente – e as brumas de uma segunda noite já se estavam a reunir – e eu ainda permanecia sentado imóvel naquele salão solitário e continuava imerso em meditações e ainda o *fantasma* dos dentes mantinha seu terrível domínio sobre mim, porque flutuava, com a mais vívida e hedionda nitidez, por entre as luzes e sombras que se sucediam no aposento. Finalmente um grito de horror e de consternação explodiu de permeio a meus sonhos; após uma pausa, seguiu-se o som de vozes perturbadas, misturadas com muitos gemidos baixos, como brotados da dor ou da tristeza. Ergui-me de minha poltrona e, abrindo violentamente uma das portas da biblioteca, vi parada na antecâmara uma das criadas, o rosto lavado em lágrimas, que me contou aos prantos que Berenice não existia mais. Tivera um ataque de epilepsia nessa mesma madrugada e agora, com a aproximação da noite, a tumba estava preparada para sua ocupante e todos os preparativos para o enterro já tinham sido feitos.

Movimentei-me com repugnância para o quarto de dormir da defunta, meu coração opresso de temor e angustiado. Era um quarto grande e muito escuro e a

---

5. "Todos os seus passos eram sentimentos. Todos os seus dentes eram idéias." Em francês no original. (N. do T.)

cada passo deparava com os preparativos para o sepultamento. Vi que os cortinados do leito estavam fechados e um dos criados disse-me que ali se achava o ataúde e dentro dele, acrescentou em voz baixa, os restos mortais de Berenice.

Alguém indagou se eu queria ver o corpo. Não percebi moverem-se os lábios de ninguém; e, no entanto, a pergunta fora realmente feita e o eco de suas derradeiras sílabas ainda se arrastava pelo assoalho do quarto. Era impossível negar-me; e assim, com o peito comprimido de angústia, dirigi-me a passos lentos até o leito. Mansamente ergui as sombrias dobras dos cortinados; mas deixei-as cair de novo sobre meus ombros e, deste modo, elas me separaram do mundo dos vivos, encerrando-me na mais estreita comunhão com a morta.

Todo o ar do quarto respirava morte; mas o próprio caixão tinha seu cheiro característico, que me provocava um certo mal-estar e me levava a imaginar que um odor de decomposição já se exalava do cadáver. Teria dado todo o ouro do mundo para escapar, para libertar-me da deletéria influência da morte, para respirar, ao menos outra vez, o ar puro dos céus eternos. Mas não dispunha de forças para mover-me, meus joelhos tremiam, estava como enraizado no solo, enquanto contemplava fixamente o corpo rígido, estendido ao comprido no ataúde aberto.

Deus do Céu! Seria possível? Meu cérebro se achava transtornado ou o dedo da morta se movera dentro da mortalha que o envolvia? Tremendo de pavor inexprimível, voltei lentamente a vista para o rosto do cadáver. Seu queixo fora amarrado com um lenço, mas de algum modo este se desatara. Os lábios lívidos se retorciam em um arremedo de sorriso e por entre seu esgar macabro, os dentes de Berenice, brancos, luminosos e terríveis ainda me fitavam, mais reais que a própria vida. Ergui-me convulsivamente do leito e, sem mais uma palavra, loucamente, corri para fora daquele quarto onde reinavam o mistério, o horror e a morte.

Encontrei-me novamente sentado na biblioteca; e de novo me achava completamente sozinho. Parecia que acabara de acordar de um sonho confuso e excitante. Sabia que já era meia-noite e tinha plena consciência de que Berenice tinha sido sepultada ao pôr-do-sol. Mas daquele tétrico intervalo que se interpunha não tinha uma compreensão definida. Todavia, sua reminiscência estava repleta de horror, um terror ainda mais pavoroso porque era vago, um terror ainda mais terrível porque era ambíguo. Era a mais amedrontadora página do registro de minha existência, coberta de lembranças obscuras, assustadoras e ininteligíveis. Lutei para decifrá-las, mas em vão; vezes sem conta, como o fantasma de um som fugidio, o uivo agudo e lancinante de uma voz de mulher parecia ressoar em meus ouvidos. Alguma coisa eu havia feito, mas o que poderia ser? Propus a questão a mim mesmo em voz alta e os ecos sussurrantes das paredes da câmara me responderam: *que poderia ser?*

Na mesa a meu lado estava acesa uma lâmpada, e havia uma caixinha perto dela. Não tinha qualquer característica especial e freqüentemente eu a havia visto antes, pois pertencia ao médico da família. Mas como se achava ela *ali*, sobre minha mesa, e por que eu estremecia só de olhá-la? Não havia explicação para estas coisas e meus olhos finalmente recaíram sobre as páginas abertas de um livro que se achava em meu colo, uma de cujas sentenças estava sublinhada. Eram as palavras singulares, mas de grande simplicidade do poeta Ebn Zaiat: "*Dicebant mihi sodales, si sepulchrum amicae visitarem, curas meas aliquantulum fore levatas*". Por que então, no momento em que as contemplava, sentia os cabelos de minha nuca se arrepiarem e o sangue de meu corpo congelar-se dentro de minhas veias?

Seguiu-se uma leve batida na porta da biblioteca e um criado entrou na ponta dos pés, pálido como se fosse o ocupante de uma sepultura. Sua fisionomia estava transtornada de terror e falou-me em voz trêmula, murmurante e enrouquecida. Que me disse ele? Escutei algumas sentenças pela metade. Contou-me que fora ouvido um uivo selvagem, perturbando o silêncio da noite, que toda a casa se havia reunido e uma busca fora organizada na direção de onde provinha o som. E então seu tom de voz tornou-se penetrantemente distinto enquanto sussurrava sobre um túmulo violado, um corpo amortalhado e desfigurado, que, no entanto, ainda respirava, ainda palpitava, *ainda vivia!*

Apontou para minhas vestes – estavam enlameadas e cobertas de coágulos de sangue. Não consegui falar nada; ele segurou-me gentilmente as mãos, que estavam marcadas pelos arranhões de unhas humanas. Dirigiu-me a atenção para um objeto apoiado contra a parede – voltei meu olhar para ele durante alguns minutos: era uma pá. Com um uivo, lancei-me em direção à mesa e apoderei-me da caixa que estava sobre ela. Mas, por mais força que fizesse, não consegui abri-la; em meu tremor, ela escorregou-me das mãos e tombou pesadamente, quebrando-se em mil pedaços; mas de dentro dela, com um som metálico, rolaram os instrumentos de um dentista, misturados com trinta e dois pequenos objetos, de cor branca e parecendo feitos de marfim, que se espalharam por toda a extensão do assoalho.

Ligéia

E no seu interior permanecerá a verdade que nunca morre. Quem conhece os mistérios da vontade, com todo o seu vigor? Pois o próprio Deus é apenas uma grande vontade penetrando todas as coisas por força da natureza de Seus propósitos. O homem não se submete aos anjos, nem se rende inteiramente à morte, a não ser apenas pela debilidade e fraqueza de sua vontade.

Joseph Glanvill

Juro por minha alma que não posso lembrar como, quando ou mesmo precisamente onde travei conhecimento pela primeira vez com lady Ligéia. Longos anos já se passaram e minhas reminiscências se enfraqueceram pelo muito que sofri. Ou talvez eu não possa trazer estas informações à mente justamente *agora*, porque, na verdade, o caráter de minha amada, sua rara erudição, sua beleza singular e plácida e a emocionante eloqüência subjugante de sua voz suave e musical entraram em meu coração através de passos tão constantes e furtivos que não foram percebidos e permaneceram desconhecidos. Todavia, acredito que a encontrei pela primeira vez com alguma freqüência em alguma grande cidade, antiga e decadente, localizada às margens do rio Reno. Quanto à sua família – certamente eu a ouvi falar nela. Não pode haver dúvidas de que pertencia a uma linhagem muito antiga e remota. Ligéia! Ligéia! Mergulhado em estudos de uma natureza mais que qualquer outra propensa a amortecer as impressões do mundo externo, é apenas através dessa doce palavra – "Ligéia" – que minha imaginação coloca diante de meus olhos a imagem daquela que não mais existe. E agora, no momento em que escrevo, uma recordação explode em minha lembrança: de que realmente, eu *nunca soube* o sobrenome daquela que foi minha amiga e minha noiva, a companheira de meus estudos e finalmente a esposa de meu coração. Foi isso apenas uma brincadeira de minha Ligéia? Ou significava um teste da força de meu afeto, que eu não insistisse em perguntar sobre suas origens? Ou era no fundo apenas o meu próprio capricho – uma oferenda extremamente romântica, colocada sobre o altar do santuário de minha devoção apaixonada? Recordo o fato apenas indistintamente – não é de espantar que tenha completamente esquecido as circunstâncias que o originaram e lhe fizeram companhia. E sem dúvida, se jamais aquele espírito que foi denominado *Romance,* se jamais aquela deusa, a pálida Ashtophet de asas feitas de neblina, adorada no Egito idólatra, presidiu, como afirmavam, os casamentos de mau agouro, então certamente ela presidiu o meu.

Todavia, no ponto que para mim é o mais querido, minha memória não falha. É o que se refere à *pessoa* de Ligéia. Era alta, um tanto esguia, até mesmo delgada em demasia no final de seus dias. Tentaria em vão retratar sua majestade, seu desembaraço tranqüilo, seu porte altivo ou a incompreensível leveza e elasticidade de seus passos. Ela chegava e partia como uma sombra. Nunca percebia sua entrada em meu escritório, exceto pela adorável melodia de sua voz doce e profunda, quando colocava sua mão marmórea sobre meu ombro. Nenhuma donzela jamais se comparou a ela na perfeição do rosto. Era como a irradiação de um sonho provocado pelo ópio, uma visão etérea e arrebatadora, mais cheia de um divino encanto que as fantasias que pairavam sobre as almas adormecidas das filhas de Delos. Entretanto, suas feições não apresentavam aquele molde regular que fomos falsamente levados a adorar através das obras clássicas dos pagãos. "*Não há formosura realmente bela*" – proclama Bacon, Lorde Verulam, falando realmente de todas as formas e gêneros de beleza – "*que não apresente algo de* estranho *em suas proporções.*" Todavia, embora eu notasse que os traços de Ligéia não tinham a regularidade clássica, ainda que eu percebesse que sua formosura era realmente bela e sentisse que mostrava algo de inegavelmente estranho em suas proporções, mesmo assim tentei em vão detectar minha própria percepção do que era "estranho". Examinava o contorno de sua testa pálida e altiva e percebia que era imaculado; e até esta palavra empalidecia quando aplicada a uma majestade tão divina! Sua pele rivalizava com o marfim mais puro, e que graciosa imponência e repouso apresentavam as regiões logo acima de suas têmporas, recobertas por cabelos negros como as asas do corvo, de madeixas brilhantes, luxuriantes e naturalmente cacheadas, proclamando em plena força o epíteto criado por Homero, "cabelos de jacinto"! Olhava para as linhas delicadas do nariz; e em parte alguma, exceto nos graciosos medalhões dos hebreus, havia contemplado perfeição tamanha. Mostravam a mesma superfície macia e voluptuosa, a mesma tendência ao aquilino levemente perceptível, as mesmas narinas harmoniosamente recurvas que denotavam um espírito livre. Contemplava sua doce boca. Aqui se manifestava realmente o triunfo de todas as obras celestiais, na curva magnífica do estreito lábio superior, no aspecto luxuriante e macio do lábio inferior, que parecia adormecido, nas covinhas que surgiam e pareciam brincar, na coloração expressiva, nos dentes que espreitavam por entre os lábios, com um brilho quase surpreendente, cada raio da luz sagrada que caía sobre eles quando sorria serena e placidamente e ainda assim ostentava os mais exultantes e radiantes sorrisos. Escrutinava o formato do queixo e aqui de novo encontrava uma gentileza de proporções, uma majestosa maciez, a completa espiritualidade dos gregos, o contorno que o deus Apolo revelou apenas em um sonho de Cleômenes, filho de atenienses. E então, voltava os meus para os grandes olhos de Ligéia.

De fato, não temos modelos para olhos na antigüidade clássica remota. Também poderia ter sido justamente nestes olhos de minha amada que se encontrava o segredo aludido por Lorde Verulam. Eram, sou forçado a admitir, muito maiores que os olhos comuns de nossa raça. Eram ainda maiores que os imensos olhos semelhantes aos de gazelas de que se orgulham os membros da tribo do vale de Nourjahad. Entretanto, era somente a intervalos, nos momentos de mais intensa excitação, que esta peculiaridade se tornava mais do que levemente perceptível em Ligéia. E era nesses momentos que sua beleza atingia o auge – ou talvez assim parecesse à minha fantasia exaltada – e se equiparava à formosura dos seres que se acham acima ou além da Terra, o encanto das fabulosas huris celebradas pelos turcos. A cor das pupilas era do negro mais brilhante, sobre as quais pendiam pestanas de azeviche, com cílios muito longos. As sobrancelhas, levemente irregulares, eram da mesma coloração. No entanto, a "estranheza" que eu encontrava nos olhos era de natureza distinta da formação, cor ou brilho físicos e deveria ser ocasionada por sua *expressão*. Mas esta é uma palavra sem significado, por trás de cuja vasta latitude de som entrincheiramos nossa ignorância de tantos aspectos do mundo espiritual. A expressão dos olhos de Ligéia! Por quantas longas horas pensei nela! Como tentei, no transcurso de uma noite inteira de verão, sondar-lhe o significado! Que existia nela, o que havia de mais profundo que o poço de Demócrito[1] e me

1. Demócrito de Abdera, filósofo grego. Criou o aforismo do Poço sem Fundo, para exemplificar a futilidade dos desejos humanos. (N. do T.)

contemplava lá de dentro das pupilas de minha amada? O que *existia* nela? Fui possuído por verdadeira paixão por descobri-lo. Aqueles olhos! Aquelas pupilas imensas, brilhantes e divinas! tornaram-se para mim como as estrelas gêmeas de Leda e eu me transformei no mais devoto dos astrólogos.

Não existe outro aspecto, dentre as muitas anomalias incompreensíveis das ciências da mente, mais emocionantemente excitante do que o fato – que nunca, segundo creio, é apontado nas escolas – de que, em nossas tentativas para recuperar na memória alguma coisa esquecida há longo tempo, freqüentemente nos encontramos *justamente à borda* da lembrança, sem sermos capazes de realmente recordar. Assim, como foi freqüente, em meu intenso escrutínio dos olhos de Ligéia, sentir que se aproximava o conhecimento pleno de sua expressão, percebê-lo intimamente, quase apoderar-me dele, mas no final vê-lo partir! E descobri também (este o mais estranho mistério de todos) um círculo de analogias a essa expressão nos objetos mais comuns do universo. O que eu quero dizer é que, subseqüentemente ao período em que a beleza de Ligéia tomou conta de meu espírito, habitando nele como em um santuário, deduzi de muitos seres no mundo material um sentimento semelhante ao que me invadia sempre que fitava seu olhar grande e luminoso. Entretanto, não conseguia definir ou analisar esse sentimento ou mesmo observá-lo com firmeza. Eu o reconhecia, por exemplo, ao contemplar uma liana que crescia rapidamente, ou ao fitar uma mariposa, uma borboleta, uma crisálida ou um regato de águas correntes. Percebia-o no oceano, na queda de um meteoro. Captava-o no olhar de pessoas de idade muito avançada. E se encontram no céu uma ou duas estrelas – uma especialmente, uma estrelinha de sexta magnitude, dupla e mutável, que se encontra perto da maior estrela da constelação da Lira – que me despertaram este sentimento enquanto o escrutinava com um telescópio. Fiquei cheio dele ao escutar certos sons de instrumentos de cordas e muitas vezes ao ler passagens de certos livros. Entre outros exemplos inumeráveis, recordarei um trecho de um volume de Joseph Glanvill, o qual, talvez meramente por sua estranheza – quem poderá dizer? –, nunca deixou de despertar em mim essa sensação: "*E no seu interior permanecerá a vontade que nunca morre. Quem conhece os mistérios da vontade, com todo o seu vigor? Pois o próprio Deus é apenas uma grande vontade penetrando todas as coisas por força da natureza de Seus propósitos. O homem não se submete aos anjos, nem se rende inteiramente à morte, a não ser apenas pela debilidade e fraqueza de sua vontade*".

O perpassar dos anos e as reflexões que estes me trouxeram permitiram-me, de fato, localizar alguma conexão remota entre esta passagem do moralista inglês e uma parte do caráter de Ligéia. Uma *intensidade* de pensamento, ação ou palavra existia possivelmente nela, como um resultado ou pelo menos uma indicação dessa gigantesca volição que, durante nosso longo relacionamento, deixou de apresentar outras evidências mais imediatas de sua existência. Dentre todas as mulheres que jamais conheci, ela, que parecia tão calma exteriormente, a Ligéia de placidez constante, era a presa mais violenta dos abutres tumultuosos que brotam das paixões mais ferozes. E nunca fui capaz de fazer uma estimativa dessas paixões, salvo através da expansão miraculosa desse olhar que ao mesmo tempo me encantava e assombrava, pela melodia quase mágica, através da modulação, elegância e tranqüilidade que emanavam de sua voz tão grave; e pela energia feroz (tornada duplamente eficaz pelo contraste com a maneira com que eram emitidas) das palavras ardentes que habitualmente pronunciava.

Já mencionei a erudição de Ligéia: era imensa! – tal como nunca encontrei em outra mulher. Era profundamente conhecedora das línguas clássicas e igualmente proficiente, tanto quanto meu conhecimento permitia avaliar, nos dialetos modernos da Europa. Nunca a vi cometer um erro. Sem dúvida, sobre qual tema da erudição propalada pelos acadêmicos, mais admirado por ser simplesmente mais abstruso, eu *jamais* percebi Ligéia cometer um erro? Como é singular, como é emocionante que este ponto em particular da natureza de minha esposa tenha sido forçado sobre minha atenção somente agora, que já é tão tarde! Disse que seu conhecimento era tal como nunca encontrara em outra mulher – mas onde se encontra o homem que navegou, com tanto sucesso, *todas* as amplas áreas das ciências morais, físicas e matemáticas? Na época não percebi o que agora claramente vejo, que as aquisições culturais de Ligéia eram gigantescas, eram espantosas; todavia, mesmo nessa ocasião, eu percebia o suficiente de sua infinita supremacia para resignar-me, com confiança infantil, a ser guiado por ela através do mundo caótico da investigação metafísica com o qual mais me ocupei durante os primeiros anos de nosso casamento. Com que vasto triunfo, com que delícia vivaz, com que esperança etérea, eu *sentia*, enquanto ela se debruçava sobre meus ombros e nos dedicávamos a estudos que tão poucos buscam, que tão poucos conhecem, naquele panorama delicioso que se expandia lentamente perante mim, por aqueles caminhos ínvios, longos e belos, que poderia finalmente avançar para o objetivo de uma sabedoria por demais divina e preciosa para não ser proibida!

Quão pungente, então, deve ter sido o pesar com que, depois de alguns anos, contemplei minhas expectativas tão bem fundadas adquirirem suas próprias asas e perderem-se a distância! Sem Ligéia, eu era apenas uma criança tateando indefesa. Era sua presença, era sua orientação apenas, que tornavam vividamente luminosos os muitos mistérios do transcendentalismo em que nos achávamos imersos. Sem o clarão radiante de seus olhos, as letras flamejantes e douradas se tornavam mais opacas que o chumbo do deus Saturno. E agora esses olhos brilhavam cada vez com menor freqüência sobre as páginas que eu estudava. Ligéia adoeceu. Seus olhos ardentes se esbraseavam com uma refulgência gloriosa demais, os dedos pálidos tornaram-se da nuance transparente de cera que associamos à tumba; e as veias azuis de sua testa orgulhosa inchavam-se ou afinavam impetuosamente, sob a influência da mais ligeira emoção. Percebi que estava próxima da morte – e lutei desesperadamente em meu espírito com o feroz Azrael.[2] E os esforços de minha esposa apaixonada, para meu grande espanto, eram ainda mais enérgicos que os meus. Tantas coisas em sua natureza austera me haviam levado a crer que a morte não seria para ela motivo de terror – mas não foi assim. As palavras são impotentes para transmitir uma idéia exata da ferocidade e resistência com que combatia a Sombra. Eu gemia de angústia ao contemplar um espetáculo tão digno de pena. Eu queria dizer-lhe palavras de consolo, queria argumentar com ela, porém, na intensidade de seu desejo selvagem de viver, viver, *apenas* poder continuar viva, todas as expressões de alívio, todas as manifestações da razão assemelhavam-se aos balbucios da completa loucura. E todavia, só foi mesmo no último instante, entre as contorções mais convulsivas de seu espírito valente, que a placidez aparente de seu semblante foi abalada. Sua voz tornou-se mais gentil, ficou ainda mais grave, mas eu não queria confiar no significado estranho daquelas palavras pro-

---

2. Na mitologia hebraica, o Anjo da Morte. (N. do T.)

feridas delicadamente. Meu cérebro girava enquanto eu ouvia como em um transe aquela melodia sobre-humana, aquelas sentenças que presumiam e aspiravam a muito mais do que os homens mortais já conheceram.

De que ela me amava, não podia ter a menor dúvida; e seria fácil compreender que, em um peito como o dela, o amor não teria produzido uma paixão comum. Mas somente em sua morte impressionou-me totalmente a força de seu afeto. Durante longas horas, enquanto me segurava a mão, ela derramava diante de mim os sentimentos superabundantes de um coração cuja devoção mais que apaixonada chegava às raias da idolatria. Como eu mereci ser abençoado por tais confissões? Como eu mereci ser tão amaldiçoado pela remoção física de minha amada, exatamente na hora em que as proferia? Mas não suporto falar mais neste assunto. Direi somente que, no caso de Ligéia, o abandono muito mais que feminino a um amor que – ai de mim! – eu não merecia, um amor concedido a quem era inteiramente indigno dele, fez-me finalmente reconhecer a qualidade e o valor de seu anseio, com um desejo selvagemente sincero pela conservação da vida que fugia agora tão depressa. Era este anseio terrível, esta ávida veemência de desejo pela vida, *apenas* pela vida, que não tenho o poder de retratar, porque não existem palavras capazes de expressá-lo.

Justamente ao meio-dia da noite anterior à sua partida, convocando-me peremptoriamente para seu lado, ela me fez repetir certos versos compostos por ela mesma alguns dias antes. Obedeci e os versos eram os seguintes:

Contempla agora esta noite de gala,
Após recentes anos solitários!
Em que dos anjos multidão sem fala
Aos prantos e em trajos multifários,

Assiste queda ao drama que se instala,
Em tons de medo e de gentis esperas,
Enquanto a orquestra executa a escala
Da música perene das esferas.

E que do Deus Altíssimo reflete
A voz suprema apenas em murmúrios,
Voando para cá e lá repete
Dos fantoches os míseros perjúrios,
Ao comando dos seres mais disformes
Que controlam o cenário assim terrível,
Para trazer, com asas desconformes,
Uma tristeza fatal, mas invisível!

Desse drama confuso que, por certo,
Não poderá jamais ser olvidado!
Seu fantasma, caçado bem de perto
Pela turba, não vai ser alcançado;
Um círculo retorna à mesma dança,
A Loucura constante permanece,
O Pecado perene não se cansa
E o Horror resultante não se esquece!

Porém vê, no meio desta ronda,
Uma forma se arrasta e se insinua,
Uma coisa sangrenta, que se esconde
Na solidão deserta, bela e nua!
Ela se enrosca e treme, em dor mortal,
Os títeres se tornam alimento
E os serafins soluçam no fatal
Espetáculo de sangue e sofrimento.

E as luzes se apagam, uma a uma,
E sobre cada forma palpitante
Desce a cortina, como se costuma,

Com a pressa da tormenta cintilante;
E os anjos todos, empalidecidos,
Erguendo-se, afirmam em horror
Que na tragédia, os Homens são vencidos
E o Verme é o Herói Conquistador!

– Oh, Deus! – proferiu Ligéia, em um grito quase estridente, erguendo-se de um salto e estendendo os braços para cima em um movimento espasmódico, no momento em que terminei de declamar estas linhas. – Oh, Deus! Oh, Pai Divino! Deverá esse resultado ser assim inflexível? O Conquistador não poderá ser conquistado ao menos uma vez? Não somos parte e substância Tua? Quem? Quem conhece os mistérios da vontade com seu vigor? O homem não se submete aos anjos, *nem se rende inteiramente à morte*, a não ser apenas pela debilidade e fraqueza de sua vontade!

E então, como se exaurida pela emoção, ela permitiu que seus braços brancos tombassem e recaíssem solenemente sobre seu Leito de Morte. E enquanto respirava seus últimos suspiros, juntamente com eles, brotou um leve murmúrio de seus lábios. Inclinei para ela meus ouvidos e pude novamente distinguir as palavras finais do trecho de Glanvill: "*O homem não se submete aos anjos, nem se rende inteiramente à morte, a não ser apenas pela debilidade e fraqueza de sua vontade*".

Ela morreu. Eu fiquei esmagado na poeira e na tristeza, não podia mais suportar a desolação solitária de minha morada na cidade escura e decadente às margens do Reno. Não me faltava aquilo que o mundo chama de fortuna. Ligéia tinha me trazido muito mais, realmente muito mais que de ordinário cabe aos mortais. Após alguns meses, portanto, de errar cansado e sem rumo, comprei uma velha abadia, que mandei restaurar em parte, mas cujo nome não vou mencionar, em uma das regiões mais incultas e menos habitadas da bela Inglaterra. A grandeza tristonha e sombria do velho edifício, o aspecto quase selvagem das terras que pertenciam à abadia, as muitas recordações melancólicas e de antiga e venerável memória ligadas a ambas ressonavam em uníssono com os sentimentos de total abandono que me haviam conduzido àquele rincão remoto e semideserto do país. E no entanto, embora a aparência exterior da abadia, meio arruinada e coberta de hera, sofresse poucas alterações, com uma perversidade infantil e talvez com uma leve expectativa de alívio para meu sofrimento, no interior dela entreguei-me a uma ostentação de magnificência mais do que real. Mesmo em minha infância, eu já apresentava certa tendência para este tipo de tolice, que agora voltou a me dominar como se estivesse caducando de infelicidade. Ai de mim, percebo quanta loucura incipiente poderia ser observada nos cortinados magníficos e fantasmagóricos, na solene estatuária egípcia, nas cornijas e mobiliário fantasiosos, nos padrões dignos de um hospício dos tapetes bordados a ouro! Tinha me tornado um escravo acorrentado aos caprichos do ópio e todas as minhas obras, tanto as que eu mesmo realizava como as que ordenava fazer, haviam assumido a coloração de meus sonhos. Mas não devo me demorar mais a descrever estes absurdos. Vou descrever apenas aquele salão – que seja para sempre amaldiçoado! – para o qual, em um momento de alienação mental, conduzi desde o altar minha noiva – como sucessora da Ligéia que não conseguia esquecer – de olhos azuis e cabelos claros, Lady Rowena Trevanion, da antiga linhagem de Tremaine.

Não existe nenhum detalhe individual da arquitetura e decoração daquela câmara nupcial que não esteja agora visível e presente diante de meus olhos. Onde se achavam as almas da orgulhosa família da noiva quando, movidas somente pela sede de ouro, permitiram que uma donzela e uma filha tão amada transpusesse o umbral de um apartamento assim decorado? Já declarei lembrar nos mínimos detalhes essa câmara – se bem que minha memória tristemente esqueça assuntos de muito maior importância –, e reparem que não existia o menor sistema, nenhuma ordem naquela exibição fantástica, que favorecesse seu registro na lembrança. O aposento estava situado em um dos altos torreões da abadia acastelada, tinha formato pentagonal e era muito espaçoso. Ocupando a parede meridional inteira do pentágono estava a única janela, uma vidraça imensa de cristal inteiriço trazida de Veneza, sem uma única emenda, mas de uma tonalidade cinza-chumbo, de tal modo que, quando os raios do sol ou da lua passavam através dela, derramavam uma luz sinistra sobre os objetos do quarto. Sobre a parte superior desta imensa janela, estendiam-se os ramos de uma velha videira, que lembravam uma treliça de marcenaria e se arrastavam pelas paredes maciças do velho torreão. O forro era de tábuas de carvalho de aspecto lúgubre, alto demais, abobadado e elaboradamente decorado com os espécimes mais violentos e grotescos do artesanato semigótico e semidruídico. De um dos recessos mais centrais desta abóbada merencória pendia de uma corrente de ouro de largos elos um imenso turíbulo do mesmo metal, trabalhado em padrões dos sarracenos e cheio de perfurações de tal modo concebidas que uma sucessão contínua de luzes multicores brotava de dentro dele, como se o fogo que nele acendiam estivesse dotado de uma vitalidade de serpente.

Em diversas partes do quarto estavam distribuídas otomanas e candelabros de ouro fabricados no Oriente; e ali também se achava o leito, o leito nupcial, fabricado na Índia, baixo e esculpido em ébano sólido, com um dossel que se assemelhava a um pálio mortuário. Em cada um dos ângulos da câmara havia sido erguido um gigantesco sarcófago de granito negro, retirado das tumbas dos reis de Luxor, com suas tampas vetustas cheias de esculturas imemoriais. Mas era nas tapeçarias do apartamento que se caracterizava – ai de mim! – o elemento mais fantasmagórico de todos. As paredes elevadas a uma altura gigantesca, quase descomunal, estavam recobertas de alto a baixo pelas dobras de um cortinado pesado e de aspecto maciço, cujo material era o mesmo do tapete que recobria o assoalho, do estofamento das otomanas, da colcha da cama de ébano, de seu dossel e das graciosas volutas das cortinas que obscureciam parcialmente a janela. Esse material era um tecido de ouro da melhor qualidade. Estava recoberto aqui e ali, a intervalos irregulares, por padrões de arabescos com mais ou menos trinta centímetros de diâmetro, na cor do mais profundo azeviche. Mas estas figuras apresentavam a natureza dos verdadeiros arabescos apenas quando contempladas de um determinado ponto de vista. Devido a um processo que hoje é comum e de fato data da mais remota antigüidade, o aspecto destes florões se modificava. Para alguém que entrasse no quarto, tinham a aparência de simples monstruosidades; mas depois que o visitante dava alguns passos, esta aparência desaparecia gradativamente e ia se transformando aos poucos, à medida que a pessoa avançava pelo aposento, até que ela se visse cercada por uma sucessão infinda das formas mais apavorantes criadas pela superstição dos normandos ou pelos sonhos abrasados de culpa dos monges. O efeito fantasmagórico era vastamente ampliado pela introdução artificial de uma corrente de ar forte e contínua por trás das tapeçarias, que emprestava uma animação horrenda e inquietante ao conjunto.

Foi em um salão assim, foi em uma câmara nupcial assim ataviada, que ingressei com a Lady de Tremaine, para gozar das horas iníquas do primeiro mês de nosso casamento; e passei esse período com muito pouca inquietação. Não pude deixar de perceber que minha jovem esposa temia a violenta intermitência de meu temperamento, que me evitava e amava muito pouco: porém isso me causava mais prazer do que desgosto. Eu a detestava com um ódio mais demoníaco que humano. Minha lembrança retornava (e com que intensidade de remorso!) para Ligéia, a amada, augusta, belíssima sepultada. Banhava-me nas reminiscências de sua pureza, sua sabedoria, sua natureza etérea e altiva, seu amor apaixonado e idólatra. Somente agora meu espírito queimava inteira e livremente com um fogo superior ao dela. Na excitação de meus sonhos de ópio (pois me encontrava habitualmente acorrentado aos grilhões da droga) chamava seu nome em alta voz, durante o silêncio da noite ou nos recessos mais escondidos dos vales, em meus passeios diurnos, como se, através daquela ânsia selvagem, daquela paixão solene, daquele ardor devorante de minha saudade da morta, eu pudesse devolvê-la ao caminho que tinha abandonado – como *poderia* ser para sempre? – à luz do sol e na superfície da terra.

Pelo começo do segundo mês de nosso matrimônio, Lady Rowena foi atacada por um mal súbito e recuperou-se muito lentamente. A febre que a consumia tornava-lhe as noites inquietas; e, em seu estado perturbado de semi-sonolência, referia-se a sons e movimentos, ao redor ou dentro da própria câmara do torreão, perturbações estas que concluí não terem outra origem que a agitação de sua fantasia; ou que talvez fossem devidas às influências alucinatórias do próprio aposento. Finalmente, ela entrou em convalescença, e no devido tempo voltou à saúde. Entretanto, passou-se apenas um breve período até que uma segunda moléstia ainda mais violenta a lançasse sobre o leito da dor; e deste segundo ataque, sua constituição, que sempre fora frágil, nunca se recuperou totalmente. A partir dessa época, as doenças que a acometiam eram alarmantes e retornavam com freqüência ainda mais inquietante, desafiando os conhecimentos e os grandes esforços de seus médicos. Com o incremento dessa doença crônica, que aparentemente assumira um controle firme demais sobre sua constituição para ser erradicada pelos recursos humanos, não pude deixar de observar um aumento semelhante na irritação nervosa de seu temperamento e na maneira como ficava excitada por medos triviais. Falava de novo, agora mais amiúde e com maior pertinácia, dos sons que escutava, dos sons apenas percebidos; e de movimentos desusados nas tapeçarias, que já havia mencionado anteriormente.

Uma noite, já perto do final de setembro, ela insistiu naquele assunto perturbador com uma ênfase incomum, a fim de imprimir sua urgência em meu cérebro. Acabara de acordar de um sono inquieto, enquanto eu velava sobre ela, com sentimentos que variavam entre a ansiedade e um temor vago, observando as mutações que ocorriam em sua fisionomia emaciada. Estava sentado junto à cama de ébano, em uma das otomanas da Índia. Ela ergueu-se a meio e falou, em um murmúrio baixo e cheio de ansiedade, sobre os sons que estava escutando *nesse momento*, mas que eu não podia de modo algum ouvir; apontou os movimentos que ocorriam *ao mesmo tempo*, porém que eu não conseguia perceber. O vento corria apressado por trás dos cortinados e procurei mostrar-lhe (sem que eu mesmo, devo confessar, acreditasse *inteiramente* nisso) que aqueles suspiros quase inarticulados e as variações tão leves das figuras delineadas sobre as paredes eram apenas o resultado do perpassar costumeiro do vento. Todavia, uma palidez mortal espalhada sobre seu rosto me havia demonstrado que meus esforços para convencê-la seriam inúteis. Ela parecia estar a ponto de desmaiar e as criadas estavam longe demais para nos ouvir. Lembrei-me do local em que estava colocada uma jarra de um vinho suave que havia sido recomendado por seus médicos e atravessei depressa a câmara em busca dela. Porém, no momento em que cruzei o círculo de luz emitido pelo imenso turíbulo dourado, duas circunstâncias de natureza atemorizante atraíram-me a atenção. Inicialmente, havia percebido que um objeto palpável, embora invisível, havia roçado de leve meu corpo; e então percebi que sobre o tapete recamado a ouro, justamente no meio do forte clarão emitido pelo incensário, havia uma sombra – apenas uma sombra leve e indefinida e de aspecto angelical, tão leve de fato, que poderia ser imaginada como a sombra de uma sombra. Mas minha cabeça rodava com a excitação produzida por uma dose imoderada de ópio e não dei importância a essas coisas, nem ao menos as mencionei a Rowena. Encontrando a jarra de vinho, retornei através do quarto e enchi inteiramente uma taça, que segurei junto aos lábios da dama semidesmaiada. Todavia, ela já se havia parcialmente recobrado e segurou-a com as próprias mãos, enquanto eu caía sobre o divã mais próximo, meus olhos fixos em sua pessoa. Foi então que percebi distintamente o mais leve dos passos sobre o tapete, junto ao leito; e no momento seguinte, enquanto Rowena ainda erguia a taça aos lábios a fim de beber-lhe o vinho, divisei, ou posso ter sonhado que avistei, três ou quatro gotas de um fluido brilhante e cor de rubi caírem dentro dela, como se brotassem de alguma fonte invisível surgida da atmosfera do quarto. Se realmente cheguei a vê-las, Rowena nada notou. Engoliu o vinho sem hesitação e eu me contive, sem falar-lhe de uma circunstância que, segundo imaginava, deve ter sido tão somente a sugestão de uma imaginação demasiado vívida, ativada ainda mais morbidamente pelo terror mostrado pela dama, pelo ópio em meus nervos e pelo avançado da hora.

Não obstante, não pude esconder de minha própria percepção que, imediatamente após a queda das gotas de rubi, uma rápida mudança para pior contribuiu para aumentar a indisposição de minha esposa, de tal modo que, na terceira noite que se seguiu a essa, as mãos das camareiras a prepararam para a sepultura; e na quarta, eu estava sentado, sozinho com seu corpo amortalhado, naquela peça fantástica em que a tinha recebido como minha noiva. Visões tétricas, geradas pelo ópio, dançavam como sombras diante de mim. Contemplei com inquietação os sarcófagos dispostos nos ângulos do quarto, as figuras variegadas das tapeçarias e os fogos multicores que se retorciam no interior do turíbulo acima de minha cabeça. Foi então que minha vista se voltou, ao recordar-me das circunstâncias daquela outra noite, para o local logo abaixo do reflexo do incensário, onde havia divisado os leves traços de uma sombra. Mas não se encontrava mais lá; respirando com maior liberdade, voltei o olhar para a figura pálida e rígida sobre o leito. Nesse momento fui submerso por mil lembranças de Ligéia; e subitamente tombou em meu coração, com a violência turbulenta de uma enchente, aquela lástima total e inexprimível com que eu *também* a havia contemplado em seu sudário. A noite foi passando; e permaneci, com o peito cheio dos pensamentos mais amargos, recordando a única que supremamente amara, enquanto contemplava o corpo de Rowena.

Poderia ser meia-noite; ou talvez fosse ainda um pouco antes, quem sabe um pouco mais tarde, porque não estava dando atenção ao decurso das horas, quando um soluço, leve, gentil, mas perfeitamente distinto, arrancou-me de meu devaneio – *senti* que provinha da cama de ébano, do leito de morte. Escutei em uma agonia de terror supersticioso, mas o som não se repetiu. Forcei a vista, procurando identificar algum movimento naquele cadáver, porém absolutamente nada era perceptível. E no entanto, eu não podia ser enganado. Eu *havia escutado* o som, por mais leve que fosse, e minha alma tinha despertado dentro de mim. Resoluta e perseverantemente mantive minha atenção focalizada no corpo. Muitos minutos transcorreram antes que qualquer circunstância ocorresse, capaz de lançar um pouco de luz sobre o mistério. Afinal, tornou-se evidente que o menor toque de cor, fragílimo, praticamente imperceptível, havia surgido em suas faces e sobre as pequenas veias encolhidas das pálpebras. Através de uma espécie de horror e espanto inexprimível, para o qual a linguagem dos mortais não tem expressão suficientemente vigorosa, senti meu coração parar de bater e meus próprios membros se enrijecerem sobre o sofá em que me assentava. Todavia, um senso de dever finalmente operou sobre mim e fez-me recobrar o controle de meu corpo. Não podia mais duvidar que as camareiras se haviam precipitado em suas preparações – que Rowena ainda vivia. Era necessário realizar algum esforço imediato para despertá-la: entretanto, o torreão estava totalmente separado daquela porção da abadia em que viviam os criados – nenhum estava ao alcance da voz –, não havia maneira de chamá-los em minha ajuda, sem deixar o quarto por muitos minutos – e não me atrevia a fazê-lo. Deste modo, lutei sozinho em minha tentativa de chamar de volta o espírito que ainda pairava. Depois de um curto período, entretanto, tornou-se claro que tinha havido uma recaída; a coloração desapareceu tanto das faces como das pálpebras, deixando em seu lugar uma palidez mais cinérea que o próprio mármore; os lábios encolheram-se duplamente e se retorceram para cima nos cantos, naquela horrorosa máscara da morte; uma fria umidade repulsiva espalhou-se rapidamente sobre a superfície do corpo; e toda a rigidez normal do rigor da morte apresentou-se imediatamente. Recuei com um estremecimento para o divã de que tinha sido tão assustadoramente levantado; e novamente entreguei-me a devaneios apaixonados sobre Ligéia.

Assim passou-se uma hora até que (seria possível?) escutei uma segunda vez um ruído delicado que provinha das proximidades da cama. Escutei em um paroxismo de terror. O som surgiu de novo, desta vez indubitavelmente um suspiro. Saltando para onde se achava o cadáver, eu vi – enxerguei distintamente – um tremor em seus lábios. Dentro de um minuto, o movimento diminuiu, mostrando uma fileira brilhantes de dentes de pérola. Agora o espanto lutava em meu peito com a profunda admiração que até esse momento reinara ali sozinha. Senti a visão turvar-se, a razão divagar; e foi apenas através de um esforço violento que afinal consegui reunir as forças para a tarefa que o dever novamente ordenava. Havia agora uma espécie de brilho sobre a testa, um leve rubor sobre as faces e a garganta; um calor perceptível invadiu o arcabouço inteiro do corpo amortalhado; até mesmo o coração começou a pulsar levemente. A dama *estava viva*; e, com ardor redobrado, voltei-me para a tarefa de restaurar-lhe a consciência. Esfreguei e banhei as têmporas e as mãos e empreguei todos os meios que a experiência e um certo grau de leituras sobre medicina poderiam sugerir. Mas tudo em vão. Subitamente, a cor empalideceu, a pulsação cessou, os lábios reassumiram a expressão dos mortos; e, no instante seguinte, o corpo inteiro retomou a postura cadavérica, uma frigidez de gelo, uma coloração lívida, uma rigidez intensa, as feições cavadas e todas as peculiaridades repugnantes daquele que já foi, por muitos dias, um habitante da tumba.

E, novamente, eu me afundei em visões de Ligéia – e, de novo, (quem poderá se surpreender que eu estremeça enquanto escrevo?) *mais uma vez* um soluço baixo atingiu meus ouvidos, provindo da região em que se achava a cama de ébano. Mas por que deverei descrever os minúsculos detalhes daquela noite indizível? Por que razão irei pausar no relato do que ocorreu, vez após vez, até aproximar-se a luz cinzenta da madrugada: na repetição horrenda deste drama de revivificação, até que cada desalentadora recaída anunciasse uma morte mais total e aparentemente sem redenção? Como cada agonia apresentava o aspecto de uma luta terrível com algum inimigo invisível, e como cada combate era sucedido por não sei que mudança atroz no aspecto aparente do cadáver? Vou passar à conclusão.

A maior parte daquela noite amedrontadora tinha passado; e aquela que tinha estado morta, mais uma vez se moveu – agora muito mais vigorosamente do que antes, embora se erguesse de um estado de aniquilamento mais desanimador em sua completa desesperança que qualquer outro por mim contemplado antes. Há muito tempo eu tinha parado de lutar ou mesmo de me mover; e permanecia sentado rigidamente na otomana, presa inerme de um torvelinho de emoções violentas, das quais um extremo aturdimento era talvez a menos terrível, a que menos me devorava. Pois o cadáver, repito, moveu-se agora, mais vigorosamente do que antes. As tonalidades da vida rebrilharam com uma energia indomável em seu semblante – os membros perderam a rigidez cadavérica –, se não fosse pelas pálpebras, ainda firmemente cerradas e pelas faixas e sudário que a amortalhavam para o túmulo, que ainda emprestavam seu caráter sepulcral à figura, eu poderia ter jurado que Rowena tinha realmente, desta vez em definitivo, rompido os grilhões da morte. Mas se mesmo então não adotei esta idéia, pelo menos não pude mais duvidar quando, erguendo-se da cama, cambaleando, com os passos vacilantes, olhos ainda fechados e todo o aspecto de alguém que permanece no transe de um sonho, a coisa amortalhada avançou tangível e integralmente para o meio do aposento.

Dessa vez, eu não tremi – nem sequer me movi – porque uma multidão de sonhos inenarráveis ligados ao aspecto, estatura e comportamento da figura, correndo às pressas pelos escaninhos de meu cérebro, tinha me paralisado: sentia-me como esculpido em uma pedra gelada. Não me movi, mas fixei o olhar na aparição. Meus pensamentos se atropelavam, desordenados e enlouquecidos, em um tumulto que não podia ser apaziguado. Poderia, de fato, ser a Rowena *viva* que me confrontava? Poderia *realmente* ser Rowena? Lady Rowena Trevanion, da casa de Tremaine, loura e de olhos azuis? Por que, *por que* eu estava duvidando? A bandagem permanecia apertada e firme sobre sua boca – pois então não seria a boca da Senhora de Tremaine, que agora respirava novamente? Suas faces – estavam rosadas como no apogeu de sua vida – sim, estas sem dúvida poderiam ser o belo rosto da Lady de Tremaine, em pleno gozo da vida. E o queixo, com sua covinha, como antes da doença, não poderia ser o dela? Mas como *ela tinha crescido desde que fora acometida pela doença*? Que loucura indescritível se apoderou de mim com este pensamento? Dei um salto, e estava a seus pés! Recuando perante meu toque, ela deixou cair da cabeça as faixas fúnebres que a recobriam; e então brotaram, espalhando-se pela atmosfera agitada pelo vento que ainda soprava no quarto, massas compactas de longos e revoltos cabelos *mais negros que as asas da meia-noite!* E então, lentamente, abriram-se *os olhos* da figura parada diante de mim.

– Aqui estão, finalmente – clamei em alta voz. – Eu nunca, jamais poderia me enganar: estes são os imensos, negros e ardentes olhos de meu amor perdido, de minha dama, LADY LIGÉIA!

A QUEDA DA CASA DE USHER

Son coeur est un luth suspendu; sitôt qu'on le touche, il resonne.[1]

De Béranger

Durante um dia inteiro, silencioso, sombrio e monótono, na estação outonal do ano, quando as nuvens pendem opressivas e baixas dos céus, eu tinha estado passeando a cavalo, através de uma parte singularmente árida da região; e finalmente encontrei-me, quando as sombras do crepúsculo já se avizinhavam, à vista da melancólica Casa de Usher. Não sei como descrever, porém, desde que pela primeira vez contemplei o edifício, uma sensação de tristeza insuportável permeou meu espírito. Digo que era insuportável, porque o sentimento não era aliviado por qualquer dessas impressões meio agradáveis, porque estão cheias de poesia, com as quais a mente recebe até mesmo as imagens naturais mais lúgubres, desoladas e terríveis. Contemplei a cena que se desenrolava diante de mim, a casa sem enfeites e as características simples apresentadas pela paisagem da propriedade, as paredes soturnas, as janelas que se assemelhavam a órbitas vazias, alguns juncos e caniços que cresciam abandonados, alguns troncos embranquecidos de árvores podres, com a alma envolta em uma depressão

---

1. "Seu coração é um alaúde suspenso; assim que alguém o toca, ele ressoa." Em francês no original. Pierre-Jean de Bérenger, 1780-1857, foi um poeta e cançonetista francês. (N. do T.)

tão completa que não a posso comparar a nenhuma outra sensação terrestre de maneira mais adequada que à ressaca de um viciado em ópio, àquele retorno violento e amargo à vida diária, à queda pavorosa do véu que encobria a realidade. Havia um enregelamento, um mal-estar que desalentava o coração, uma taciturnidade irreparável nos sentimentos, que nenhum aguilhão da mente poderia, mesmo à força de tortura, transformar em algo de sublime. Mas o que era – fiz uma pausa para pensar –, o que provocava assim meus nervos, apenas pela contemplação da Casa de Usher? Parecia-me um mistério insolúvel: e não conseguia enfrentar as fantasmagorias obscuras que se apoderavam de meu espírito enquanto eu meditava. Fui forçado a recair na conclusão insatisfatória de que, indubitavelmente, *existem* combinações de objetos muito simples e naturais que têm o poder de assim catalisar nossas afeições; todavia, a análise desse poder está muito além das considerações normais de nossa mente. Era possível, segundo refleti, que uma mera redisposição dos objetos que formavam a cena, dos detalhes do quadro, seria suficiente para modificar ou talvez até mesmo aniquilar sua capacidade de transmitir uma impressão tão merencória: sob o impulso desta idéia, firmei as rédeas de meu cavalo e o conduzi até a margem escarpada de uma pequena lagoa negra e um tanto tétrica, cujas águas paradas se espalhavam junto ao prédio, e olhei para baixo – com um estremecimento ainda mais emocionante do que antes –, examinando as imagens alteradas e invertidas dos juncos cinzentos, dos tenebrosos troncos esgalhados e das janelas vazias que ainda me contemplavam como olhos mortos.

Não obstante, era nesta mansão macambúzia que eu pretendia pousar durante algumas semanas. Seu proprietário, Roderick Usher, tinha sido um de meus companheiros de folguedos na infância; porém muitos anos já se haviam passado desde nosso último encontro. Todavia, uma carta tinha sido transportada de agência em agência e finalmente me alcançara em uma parte distante do país – uma carta dele –, cuja natureza insistente e importuna não admitia outra coisa que uma resposta pessoal. A caligrafia evidenciava uma agitação nervosa. O autor falava de uma doença corporal de caráter agudo e também de um desarranjo mental que o oprimia, unidos a um desejo sincero de me ver de novo, porque eu era seu melhor, de fato, seu único amigo; e esperava que a alegria de minha presença pudesse dar algum alívio à sua moléstia. Foi a forma com que tudo isto e muito mais foi expresso, tal como se seu *coração* mesmo estivesse incluído na missiva para reforçar a solicitação, que não me permitiu ocasião para hesitar. Desse modo, obedeci imediatamente ao que ainda considerava ser uma convocação muito singular.

Quando meninos, tínhamos sido muito íntimos, mas eu realmente sabia muito pouco a respeito de meu amigo. Sua reserva habitual sempre tinha sido excessiva. Todavia, eu tinha conhecimento de que sua família, que era muito antiga, tinha sido afamada desde tempos imemoriais, por uma sensibilidade peculiar de temperamento, que se manifestava através das eras por muitos trabalhos de arte exaltada; e havia distribuído, em anos mais recentes, repetidos donativos de caridade munificente embora discreta, do mesmo modo que apresentava uma devoção apaixonada pelos detalhes da ciência musical, talvez muito mais que pela apreciação mais ortodoxa de suas belezas facilmente reconhecíveis. Também havia sido informado de um fato realmente notável: que a linhagem da raça dos Usher, por mais honrada que tivesse sido ao longo do tempo, em nenhum período havia produzido qualquer ramificação permanente; em outras palavras, que a família inteira fora gerada em linha direta e assim havia permanecido, com variações apenas temporárias e descartáveis. Fora esta deficiência, considerei, enquanto minha mente examinava a concordância perfeita do caráter da propriedade com o caráter atribuído às pessoas que haviam morado ali, esse aspecto da paisagem que talvez tivesse em parte influenciado a predisposição dos habitantes, conforme os longos séculos se escoavam – fora esta deficiência, talvez, de ramos colaterais da estirpe e a conseqüente transmissão sem desvios, de pai para filho, do patrimônio que trazia o nome da família, que havia finalmente identificado cenário e estirpe a tal ponto que o nome original do domínio tinha se modificado para a estranha e equívoca denominação de "Casa de Usher", um apelido que parecia identificar, nas mentes dos camponeses que o utilizavam, tanto os membros da família como a mansão familiar.

Disse anteriormente que o único efeito de minha experiência um tanto infantil, ou seja, o de lançar o olhar à superfície da lagoa, tinha sido o de aprofundar minha primeira e singular impressão. Não pode haver dúvida de que a consciência do rápido aumento de minha superstição – por que não deveria chamá-la assim? – serviu principalmente para fortificá-la. Como de há muito eu já sabia, essa era a lei paradoxal de todos os sentimentos que se embasam no terror. E pode realmente ter sido apenas por esta razão que, quando novamente ergui o olhar para a própria casa, abandonando-lhe a imagem na lagoa, cresceu em minha mente uma estranha fantasia: uma fantasmagoria realmente tão ridícula que apenas a mencionarei para demonstrar a força vívida das sensações que me oprimiram. Tinha exercitado a tal ponto minha imaginação que de fato acreditei que tanto sobre o solar como acima das terras que dominava pairava uma atmosfera característica da propriedade e da vizinhança imediata; uma atmosfera que não demonstrava afinidade pelo ar do próprio céu, mas que se havia evolado das árvores apodrecidas, do muro cinzento e da lagoa silenciosa – um vapor pestilento e místico, opaco, pesado, fracamente discernível e da mesma cor do chumbo.

Sacudindo de meu espírito o que poderia ser tão somente a impressão de um sonho, examinei com maior cuidado o aspecto real do edifício. Sua característica principal parecia ser a de que era extremamente antigo. O desbotamento produzido pelos séculos tinha sido muito grande. Pequenos fungos e líquens recobriam todo o exterior e se penduravam como uma teia fina e emaranhada das cimalhas que se projetavam do telhado. Mesmo assim, o prédio não estava em mau estado de conservação. Nenhum trecho da alvenaria havia tombado; e parecia haver uma notável inconsistência entre a adaptação perfeita dos detalhes à passagem do tempo e a condição esboroada das pedras que os compunham, quando eram examinadas individualmente. Havia muito neste aspecto que me recordava a aparência corroída e desgastada de velhas esculturas em madeira, que tinham carunchado por longos anos em alguma cripta esquecida, sem serem perturbadas pelo sopro do ar externo e que se desmanchavam ao menor toque. Além desta indicação de extensa decadência, todavia, o conjunto não dava o menor sinal de instabilidade. Talvez o olhar de um observador experimentado pudesse haver descoberto fissuras quase imperceptíveis que, estendendo-se desde o teto, através do frontão do edifício, descessem pelas paredes em padrões ziguezagueantes até perder-se nas águas estagnadas da lagoa.

Enquanto percebia estas coisas, cavalguei por um curto caminho calçado até a entrada da casa. Um criado que já me esperava tomou as rédeas de meu cavalo e atravessei o arco gótico do vestíbulo. Dali fui conduzido por um lacaio de passos furtivos e silenciosos através de muitas passagens sombrias e intrincadas que terminaram me introduzindo no escritório de seu amo. Muitas coisas que encontrei no caminho contribuíram, não sei como, para incrementar os sentimentos vagos que já descrevi. Ainda que os objetos ao meu redor, as esculturas do teto trabalhado, as tapeçarias sombrias das paredes, o negror de ébano dos assoalhos, as armaduras e panóplias fantasmagóricas que chocalhavam à minha passagem fossem apenas coisas semelhantes ou muito parecidas com outras que conhecia desde a infância, conquanto que eu não hesitasse em reconhecer que tudo isso me era familiar, mesmo assim imaginava por que sentimentos tão desusados estavam sendo despertos por detalhes que, para mim, eram comuns. Em uma das escadarias, me defrontei com o médico da família. Sua fisionomia, segundo me pareceu, apresentava um misto de astúcia maliciosa e de perplexidade. Passou por mim precipitadamente, como se minha presença o inquietasse; e seguiu seu caminho sem me cumprimentar. Então, o lacaio abriu uma porta e me levou à presença de seu amo.

A sala em que me encontrei era muito grande e de teto muito alto. As janelas eram longas, estreitas, acabando em pontas; e se situavam a uma distância tão grande do assoalho de carvalho negro, que eram inacessíveis para uma pessoa que quisesse tocá-las pelo lado de dentro. Uma luminosidade fraca e acarminada atravessava as vidraças com caixilhos em treliça, mas era o suficiente para tornar distintos os objetos maiores da sala; entretanto, o olhar lutaria em vão para atingir os recantos mais remotos do aposento ou os recessos do forro abobadado e cheio de arabescos esculpidos. Cortinados escuros recobriam as paredes. A maior parte do mobiliário estava amontoada, não era confortável e parecia mais esfarrapada do que antiga. Havia muitos livros e instrumentos musicais espalhados aqui e ali, mas não chegavam a comunicar qualquer vitalidade à cena. Pareceu-me respirar uma atmosfera de tristeza. Uma espécie de lástima austera, profunda e inconsolável pairava no ar e preenchia todos os espaços.

No momento em que entrei, Usher levantou-se do sofá em que estivera reclinado e saudou-me com uma vivacidade cálida que em grande parte era, segundo pensei, uma cordialidade excessiva, o esforço constrangido de um homem de sociedade cheio de tédio. Porém bastou-me dirigir um olhar para seu rosto para me convencer de sua perfeita sinceridade. Sentamos e por alguns momentos, enquanto ele me olhava sem falar, eu o observei com uma mistura de piedade e espanto. Sem dúvida, homem algum tinha sido tão terrivelmente alterado, em um período tão curto, como Roderick Usher! Era difícil para mim admitir a identidade daquele ser exangue sentado à minha frente com a imagem que recordava do companheiro de minha primeira infância. Todavia, o caráter de seu rosto tinha sido sempre impressionante. Sua pele era de um tom cadavérico; os olhos grandes, líquidos e luminosos além de comparação; lábios um pouco estreitos e muito pálidos, mas com uma sinuosidade extremamente bela; um nariz hebraico, mas de modelo delicado, com as narinas de uma largura fora do comum; um queixo finamente cinzelado que denotava, em sua falta de proeminência, uma certa fraqueza de caráter; cabelos macios e finos, mais delicados que teias de aranha; todas estas feições, aliadas a uma largura desusada acima das têmporas, compunham uma fisionomia difícil de esquecer. E, agora, o mero exagero do caráter predominante destes traços e das expressões que transmitiam provocava uma mudança tão grande que eu dificilmente reconhecia com quem falava. A lividez da pele se tornara assombrosa, o brilho do olhar parecia miraculoso; de fato, eram seus olhos que acima de tudo me espantavam e até mesmo maravilhavam. Os cabelos sedosos também tinham crescido descuidadamente, e como apresentavam aquela textura macia e fina das teias de aranha, pareciam flutuar em vez de cair sobre o rosto. Eu não podia, mesmo fazendo o esforço mais extraordinário, ligar sua aparência alienígena com qualquer idéia simples de humanidade.

Logo fui impressionado por uma incoerência, uma inconsistência nos modos de meu amigo; em pouco tempo percebi que era o resultado de uma série de pequenos esforços fúteis para esconder uma perturbação que lhe era habitual, uma agitação nervosa excessiva. Para alguma coisa dessa natureza eu tinha sido realmente preparado, nem tanto por sua carta, como por reminiscências de certos traços que ele já apresentava na infância e pelas conclusões que derivara de sua estranha conformação física e de seu temperamento singular. Suas ações alternavam entre a vivacidade e um mau humor taciturno. Sua voz variava rapidamente entre uma indecisão trêmula (quando sua energia animal parecia inteiramente dominada) e uma espécie de concisão enérgica, um enunciado abrupto, pesado, indolente e cavernoso, uma pronúncia plúmbea, gutural, equilibrada e perfeitamente modulada, como pode ser observada em um bêbado controlado ou em alguém incuravelmente viciado em ópio, durante os períodos de sua excitação mais intensa.

Foi assim que ele falou do motivo de minha visita, de seu ardente desejo de me ver e do alívio que esperava eu lhe trouxesse. Discorreu durante algum tempo sobre o que ele imaginava ser a natureza de sua enfermidade. Era, segundo ele disse, um mal orgânico e hereditário, para o qual já havia desesperado de encontrar uma cura

– mas era apenas uma perturbação nervosa, acrescentou imediatamente, que em breve passaria, sem a menor dúvida. O problema era que se apresentava através de uma multidão de sensações anormais. Algumas destas, à medida que ele as descrevia, me interessaram e surpreenderam, embora, talvez, os termos e a maneira geral da narração tivessem tido seu peso. Ele sofria muito de uma ampliação mórbida dos sentidos. Somente o alimento mais insípido era suportável, somente podia usar roupas de uma determinada textura, os odores de todas as flores eram opressivos, seus olhos eram torturados até mesmo por uma luz fraca e havia somente alguns sons peculiares, brotados de instrumentos de corda, que não lhe inspiravam horror.

Percebi que ele estava acorrentado como um escravo a uma espécie estranha de terror. – "Perecerei" – assim dizia ele. – "*Devo perecer* desta loucura deplorável. Assim, desta maneira e não de outro modo, eu me perderei. Apavoro-me com a idéia dos eventos futuros, não em si mesmos, mas em seus resultados. Estremeço ao pensamento de qualquer incidente, ainda que seja o mais trivial, que possa influenciar esta intolerável agitação de minha alma. Na verdade, eu não temo o perigo, o que me perturba é seu efeito absoluto – o terror. Nesta condição de exaltação nervosa, nesta situação lastimável, pressinto que mais cedo ou mais tarde chegará um período em que terei de abandonar a vida e a razão inteiramente, no meio de um combate com o fantasma feroz chamado *Medo*."

Fiquei sabendo, além disso, embora a intervalos e através de alusões interrompidas e equívocas, que havia outra característica singular de sua situação mental. Ele estava encadeado por certas impressões supersticiosas referentes à própria habitação em que morava e da qual não se tinha aventurado a sair por muitos anos – estas suspeitas se referiam a uma influência, cuja presumida força era demonstrada em termos demasiado confusos para que eu os possa repetir aqui – uma influência que era provocada por algumas peculiaridades inerentes à forma e substância de seu solar avoengo, que, através de longo sofrimento, segundo ele declarou, tinha se manifestado em seu espírito, um efeito que o lado *físico* das paredes e torres cinzentas e da lagoa sobre a qual por tanto tempo tinham se refletido havia finalmente provocado no lado *moral* de sua existência.

Ele admitia, entretanto, embora com hesitação, que muito da melancolia peculiar que assim o afetava poderia ser originado por uma causa mais natural e muito mais palpável – a doença grave e muito demorada – uma moléstia mortal que evidentemente se aproximava de seu desenlace – de uma irmã que amava ternamente, sua única companheira por longos anos, a única parente que lhe restava na terra. – "Seu falecimento" – acrescentou com uma amargura que jamais olvidarei – "vai tornar-me (logo eu, que sou tão frágil e desesperançado) o derradeiro representante da antiga linhagem dos Ushers." Enquanto ele falava, Lady Madeline (tal era seu nome) passou lentamente por um canto remoto do vasto aposento e, sem ter notado minha presença, desapareceu. Contemplei-a com o assombro mais completo, não totalmente despido de um traço de medo; e, todavia, achei impossível encontrar a causa para estes sentimentos. Uma sensação de estupor me oprimia, enquanto meus olhos seguiam seus passos à medida que a dama se retirava. Quando finalmente uma porta se fechou sobre ela, meu olhar buscou instintiva e ansiosamente a fisionomia do irmão, mas ele havia enterrado o rosto nas mãos e somente pude perceber que uma palidez ainda mais profunda que a costumeira tinha se apoderado dos dedos abertos, através dos quais se escoavam muitas lágrimas apaixonadas.

A enfermidade de Lady Madeline há muito tempo desafiava a habilidade de seus médicos. Uma apatia constante, um desgaste gradual do organismo, um esgotamento de seu caráter; todos estes sintomas acompanhados de freqüentes ataques que, ainda que fossem transitórios, eram dotados de uma natureza parcialmente cataléptica, serviam para compor o diagnóstico incomum. Até este momento, ela havia resistido firmemente à pressão de sua moléstia e não se tinha deixado prender ao leito; mas, justamente no cair da noite que se seguiu à minha chegada no solar, ela sucumbiu (como seu irmão me contou algumas horas mais tarde, com uma agitação inexprimível) ao poder esmagador do flagelo; e conscientizei-me de que o rápido olhar que havia lançado à sua pessoa provavelmente seria o derradeiro; que a dama, pelo menos enquanto permanecesse viva, não seria mais vista por mim.

Através dos diversos dias que se seguiram, seu nome não foi mencionado por Usher nem uma só vez; tampouco foi pronunciado por mim; durante este período eu me achava ocupado com os mais sinceros esforços na tentativa de aliviar a melancolia de meu amigo. Pintávamos e líamos juntos; ou eu escutava, como se estivesse em um sonho, as improvisações brilhantes de sua guitarra eloqüente. E deste modo, à medida que uma intimidade cada vez mais próxima me admitia com menores reservas nos escaninhos mais recônditos de seu espírito, tanto mais amargamente percebia a futilidade de qualquer tentativa de animar uma mente da qual a escuridão, como se fosse uma qualidade inerente e positiva, derramava-se sobre todos os objetos do universo, tanto morais como físicos, em uma irradiação de tristeza sem fim.

Conservarei sempre comigo a memória das muitas horas solenes que passei assim sozinho com o senhor da Casa de Usher. Não obstante, falharei em qualquer tentativa de transmitir uma idéia do caráter exato dos estudos ou das ocupações em que ele me envolvia ou pelos quais enveredava e fazia-me acompanhá-lo. Uma idealização emocionada e altamente mórbida lançava um fulgor sulfuroso sobre todas as coisas. Suas pavanas longas e improvisadas soarão para sempre em meus ouvidos. Entre outras coisas, conservo dolorosamente na memória uma certa adulteração singular nas prolongadas variações que tocava sobre a melodia alegre da última valsa de Von Weber. Quanto às pinturas geradas por sua elaborada fantasia, que cresciam, pincelada a pincelada, até formar criaturas vagas diante das quais eu tremia, tanto mais emocionado por não fazer a menor idéia do motivo por que estremecia; destas pinturas (vívidas como suas imagens se mostram até agora à evocação de minha mente) eu me esforçaria em vão por tentar descrever mais que a parte mínima que pode ser abarcada por meras palavras escritas. Devido à sua completa simplicidade, pela nudez de seus desenhos, ele atraía e subjugava a atenção. Se jamais um mortal conseguiu retratar uma idéia, esse mortal foi Roderick Usher. Para mim pelo menos, nas circunstâncias que me rodeavam, surgiam das abstrações puras que aquele hipocondríaco conseguia projetar sobre suas telas terrores de intensidade intolerável, dos quais nem a sombra eu sequer senti na contemplação dos devaneios certamente brilhantes mas por demais concretos de Fuseli.[2]

Uma das criações mais fantasmagóricas de meu amigo, que não partilhava tão rigidamente do espírito da abstração, pode ser descrita em palavras, embora apenas fracamente. Um pequeno quadro apresentava o in-

---

2. A grafia correta é Fussli. Pintor suíço nascido em Zurich em 1742, estabelecido na Inglaterra, onde faleceu em 1825. (N. do T.)

terior de uma cripta ou túnel retangular, imensamente longo, com paredes baixas, lisas, brancas e sem menor interrupção ou ornamento. Certos detalhes laterais do projeto tinham sido esboçados de tal maneira que se prestavam perfeitamente à apresentação da idéia de que esta escavação se encontrava a uma extrema profundidade; de fato, a grande distância da superfície da terra. Não se observava qualquer saída em nenhum ponto de sua vasta extensão, nem uma só tocha ou qualquer outra fonte artificial de luz era discernível; todavia uma extrema luminosidade de raios intensos atravessava a construção de ponta a ponta e banhava o conjunto de um esplendor tão inapropriado como macabro.

Não há muito mencionei aquela condição mórbida do nervo auditivo que tornava toda a música intolerável ao meu infeliz amigo, com a exceção de certos efeitos de instrumentos de cordas. Eram estes, talvez, os estreitos limites em que ele se confinava ao tocar a guitarra; e provavelmente era isto que originava o caráter fantástico de suas execuções. Porém a *facilidade* encontrada no *fervor* de seus improvisos não podia ser explicada. Essa técnica febril devia se encontrar, de fato se achava, tanto nas notas que executava como nas palavras com que as acompanhava (pois, não infreqüentemente, ele juntava à melodia improvisações verbais rimadas), que eram o resultado daquele intenso recolhimento e da concentração intelectual a que anteriormente aludi como observável somente nos momentos em que ele se encontrava nos paroxismos da excitação provocada por sua enfermidade. Lembro-me facilmente das palavras de uma dessas rapsódias. Talvez tenha sido a que mais me impressionou enquanto ele a executava, porque, sob a influência de seu significado subterrâneo ou místico, imaginei identificar, pela primeira vez, uma percepção completa da consciência que

Usher tinha de que sua razão altiva vacilava sobre seu trono. Os versos, que foram intitulados "O Palácio Assombrado", assemelhavam-se bastante aos seguintes, se bem que não possa garantir que fossem exatamente assim:

De nossos vales no mais verdejante,
Pelos anjos bondosos habitado,
Erguia-se outrora um triunfante
E radiante palácio, comparado
Aos mais belos do mundo; e o Pensamento
Era o monarca sobre esse domínio
E serafins, em pleno sentimento,
As asas espalhavam, ao declínio

De bandeiras gloriosas e douradas,
Drapejando amarelas sobre o teto
Desse edifício de épocas passadas,
Em permanente e lisonjeiro afeto;
A brisa nas ameias murmurava,
No refulgir do dia revelado;
Sobre os pálidos muros salmodiava
Um coro imenso de esplendor alado!

Peregrinos em vale tão feliz,
Fitando as duas janelas luminosas,
Contemplavam – a lenda assim nos diz —
Os espíritos em danças melodiosas.
De pórfiro era o trono majestoso
E o Governante nele se assentava,
Enquanto em mil acordes, portentoso,
Um Alaúde a ronda dominava!

De rubis e de pérolas brilhantes
Era engastada a porta do castelo

E por ela moviam-se, constantes,
Os Ecos em tropel, um som tão belo,
Cujo único dever, constantemente,
Era louvar, em vozes de harmonia.
De seu bom Rei a mente surpreendente,
Sempre irradiante de sabedoria.

Seres malignos, em mantos de tristeza,
Do Monarca assaltaram o solar.
Que lástima terrível: com certeza
Seus cânticos não hão de retornar.
Seus muros para sempre desolados,
Quase esquecida sua antiga história,
Botões que permanecem desbotados
E sepultada toda a velha glória.

Agora nesse vale, os viandantes,
Avistando o vermelho das vidraças,
Contemplam formas vastas e gigantes
E o dissonante acorde das desgraças;
E passa, às gargalhadas, no portão,
Como um rápido rio corta a garganta,
Num horrendo tropel, a multidão
Que ri apenas – não sorri, nem canta!

Lembro-me de que as sugestões brotadas desta balada nos conduziram a uma linha de pensamento através da qual manifestou-se uma opinião de Usher, que menciono não tanto por sua originalidade (pois já houve outros homens que pensaram assim), mas pela pertinácia com que se apegava a ela. Esta opinião, em seu aspecto mais geral, era a de que todos os seres vegetais apresentavam uma forma de consciência. Mas, em sua fantasia desordenada, a idéia tinha assumido um caráter mais ousado e invadido, sob determinadas condições, o domínio das coisas inorgânicas. Faltam-me as palavras para explicá-la em toda a sua extensão, ou antes, para transmitir o convicto *abandono* com que se entregava a essa suposição. A crença, no entanto, estava ligada (consoante já indiquei anteriormente) às pedras cinzentas da morada de seus ancestrais. As condições que permitiram o surgimento da consciência tinham sido preenchidas aqui, imaginava ele, pelo método com que estas pedras tinham sido colocadas, pela ordem de sua disposição, do mesmo modo que a distribuição dos muitos fungos e líquens que cresciam sobre elas e ainda pela posição das árvores apodrecidas que se erguiam ao redor – acima de tudo, embasavam-se na longa e imperturbável permanência deste arranjo, com a reduplicação de seus efeitos pelas águas paradas da lagoa. Sua evidência – a evidência de algum tipo de sensibilidade – podia perfeitamente ser constatada, disse ele (e tive uma espécie de sobressalto quando ele mencionou estas coisas), através da condensação gradual mas permanente de uma atmosfera característica sobre as águas e ao redor dos muros. O resultado era discernível, acrescentou, naquela influência silenciosa e todavia importuna e terrível, que, durante séculos, tinha moldado os destinos de sua família, a qual havia transformado *ele mesmo* naquilo que eu podia perceber nele, naquilo que ele era *agora*. Tais opiniões não precisam ser comentadas e nada mais direi sobre elas.

Nossos livros – os livros que, durante anos, haviam formado uma porção não desprezível da conformação mental do inválido – estavam, como se pode supor, em estrita concordância com este caráter fantasmagórico. Estudávamos juntos obras como *Ververt et Chartreuse*, de Gresset; o *Belphegor*, de Machiavelli; *O Céu e o Inferno*, de Swedenborg; *A viagem subterrânea de Nicholas Klimm*, de Holberg; a *Quiromancia,* de Robert Flud, de

Jean D'Indaginé e de De la Chambre; a *Viagem à distância azul*, de Tieck, e *A cidade do Sol*, de Campanella. Um volume favorito era uma pequena edição em oitavo do *Directorium Inquisitorium*,[3] do dominicano Eymeric de Gironne; e havia passagens de Pomponius Mela, sobre os antigos mitos africanos dos Sátiros e dos Egipanos,[4] sob a influência das quais Usher deixava-se ficar sonhando durante horas. Todavia, sua delícia principal era encontrada no exame de um livro extremamente raro e curioso, impresso em letras góticas e formato em quarto – o manual de uma igreja esquecida –, *Vigiliae Mortuorum secundum Chorum Ecclesiae Maguntinae*.[5]

Eu não podia evitar de pensar nos estranhos rituais expostos neste último trabalho e de sua possível influência sobre os hipocondríacos, quando, certa noite, tendo me informado abruptamente que Lady Madeline não mais existia, ele me declarou sua intenção de preservar-lhe o cadáver durante uma quinzena (antes de seu sepultamento final) em uma das numerosas criptas que existiam dentro das paredes principais do edifício. A razão mais mundana, entretanto, atribuída por seu irmão a esta resolução singular, era de tal natureza que não me senti com liberdade suficiente para disputá-la. Ele tinha sido levado a tomar esta decisão (pelo menos foi o que me disse) em consideração do caráter incomum da enfermidade da falecida, de certas perguntas importunas e in-

---

3. *Orientação para a Inquisição*. Em latim no original. (N. do T.)

4. Os Egipanos eram demônios que, segundo diziam os pagãos, viviam nos bosques e nos montes e se apresentavam como anões peludos com chifres e patas de cabra; os Sátiros, muito mais conhecidos, não eram demônios, mas deidades que habitavam os bosques e tinham características de cavalos e de bodes. Eram conhecidos por sua luxúria constante e propensão a brincadeiras pesadas ou violentas. (N. do T.)

5. *Vigílias dos Mortos Conforme a Liturgia do Coro da Igreja de Mogúncia (Mainz)*. Em latim no original. (N. do T.)

discretas que haviam sido feitas pelos médicos e da situação afastada e muito exposta do cemitério da família. Não vou negar que, ao me recordar da fisionomia sinistra da pessoa com que deparei na escadaria, no próprio dia em que chegara à morada, não tive o menor desejo de me opor ao que considerava ser quando muito uma precaução inocente e que não tinha nada de desnaturada.

A pedido de Usher, eu pessoalmente ajudei-o a realizar os preparativos para o sepultamento temporário. O corpo foi colocado em um ataúde e nós dois, sozinhos, o levamos até seu lugar de repouso. A cripta em que o colocamos (que tinha permanecido por tão longo tempo fechada que nossas tochas quase se apagaram naquela atmosfera opressiva) era pequena, úmida e tão hermeticamente fechada que não permitia a admissão de qualquer réstia de luz; estava localizada a grande profundidade e imediatamente abaixo daquela porção do edifício que tinha sido designada como meu quarto de dormir. Aparentemente, tinha sido usada em remotos tempos feudais para os piores propósitos das masmorras de uma fortaleza; e, posteriormente, como depósito de pólvora ou de alguma outra substância também altamente combustível; porque parte do piso e todo o interior de uma longa arcada, através da qual tivemos acesso a ela, estavam cuidadosamente recobertos por folhas de cobre. A porta era de ferro maciço e havia recebido uma proteção similar. Seu imenso peso provocava um som incomumente agudo e estridente, cada vez que ela girava nas dobradiças.

Tendo depositado nossa carga funérea sobre cavaletes que já se encontravam nessa região de horror, giramos parcialmente a tampa do caixão, que ainda não havia sido aparafusada, e contemplamos o rosto da ocupante. Pela primeira vez uma assombrosa semelhança entre irmão e irmã chamou-me a atenção; Usher, que talvez me adivinhasse os pensamentos, murmurou algumas palavras das quais depreendi que a falecida e ele tinham sido gêmeos e que simpatias de uma natureza pouco compreensível sempre haviam existido entre eles. Nossos olhares, entretanto, não se demoraram muito sobre a face da morta, pois não a podíamos contemplar sem um certo temor. A doença que havia desse modo colhido a dama no apogeu de sua juventude tinha deixado, como é comum com todas as doenças de caráter estritamente cataléptico, o arremedo de um leve rubor sobre o colo e a face, além daquele sorriso suspeito que permanece sobre os lábios e que é tão terrível na morte. Recolocamos a tampa do ataúde e desta vez a aparafusamos; depois de trancarmos a porta de ferro, caminhamos, cansados e com esforço, pelo caminho que conduzia às peças pouco menos tristes e sombrias da parte superior da casa.

Algum tempo depois, após decorrer um certo número de dias marcados por amarga tristeza, uma modificação apreciável ocorreu nas características do distúrbio mental de meu amigo. Seus modos habituais tinham desaparecido. Suas ocupações costumeiras foram negligenciadas ou esquecidas. Ele errava de sala em sala com passo apressado e desigual, sem um objetivo definido. A palidez de sua fisionomia tinha assumido, se era possível, uma tonalidade ainda mais cadavérica, mas a luminosidade de seu olhar tinha desaparecido completamente. A rouquidão ocasional de seu tom de voz não mais se ouvia; e um tartamudeio trêmulo, como se estivesse sendo provocado por extremo terror, habitualmente caracterizava as poucas ocasiões em que falava. Havia, de fato, ocasiões em que eu pensava que sua mente em agitação constante estava lutando com algum segredo opressivo; e que se esforçava em vão para reunir a coragem necessária para divulgá-lo. E em outros momentos, eu era forçado a explicar tudo isso como os caprichos inexplicáveis da loucura, pois o observava a olhar fixamente para o vazio por longas horas, em uma atitude da mais profunda atenção, como se estivesse escutando algum som imaginário. Não é de espantar que seus sintomas me aterrorizassem e acabassem por me infectar. Sentia que deslizavam sobre mim, em etapas lentas mas inexoráveis, buscando por onde penetrar em minha mente, as influências tétricas de suas superstições fantásticas, porém impressionantes.

Ocorreu, especialmente, depois que me recolhi ao leito tarde da noite, após o sétimo ou oitavo dia transcorrido depois que colocáramos o corpo de Lady Madeline no interior do calabouço; foi então que experimentei o poder total desses sentimentos. O sono não se aproximou de minha cama, as horas escorriam lenta e compassadamente, enquanto eu tentava vencer pela razão o nervosismo que me dominava, ao mesmo tempo em que lutava para crer que a maior parte, se não tudo o que eu experimentava, era resultado da influência impressionante do mobiliário melancólico do quarto – dos cortinados escuros e esfarrapados, os quais, torturados em movimento pelo sopro de uma tempestade que se aproximava, balançavam-se caprichosamente para cá e para lá, ao longo das paredes, e farfalhavam inquietantemente contra os ornatos do leito. Porém todos os meus esforços foram infrutíferos. Um tremor irreprimível gradualmente invadiu-me o corpo; e, finalmente, parecia-me sentir sentado sobre meu coração um verdadeiro íncubo de alarme totalmente sem causa. Sacudindo esta impressão com um arquejo e um movimento violento, sentei-me contra os travesseiros e, olhando fixamente para a intensa escuridão que dominava o aposento, pus-me a escutar – não sei por que, salvo que uma intuição instintiva levou-me a fazê-lo – certos sons baixos e indefinidos que se faziam ouvir, por entre as pausas da trovoada e do vento da tempestade, a longos intervalos, sem que eu soubesse exatamente de onde vinham. Esmagado por um intenso sentimento de horror, insuportável porque era inexplicável, vesti-me precipitadamente (porque percebia que não poderia mais dormir nessa noite) e esforcei-me para me arrancar da condição lamentável em que havia caído, dando passos rápidos e enérgicos por toda a volta do aposento.

Já havia dado algumas voltas ao redor do quarto, desta maneira infrutífera e apressada, quando passos leves na escada que ficava próxima chamaram-me a atenção. Imediatamente reconheci o andar de Usher. No instante seguinte, ele bateu gentilmente à minha porta e entrou com uma lâmpada. Seu semblante se achava, como de costume, cadavericamente descorado; porém havia uma espécie de hilaridade doida em seus olhos – todo o seu comportamento demonstrava que evidentemente fazia os maiores esforços para controlar a *histeria*. Seu aspecto impressionou-me muito –, mas qualquer coisa era preferível à solidão que havia suportado por tanto tempo e saudei sua presença como um alívio.

– Você não viu? – disse ele, abruptamente, depois de olhar em torno durante alguns minutos silenciosos. – Então você não viu? Mas, espere! Você verá, sem dúvida.

Proferindo estas palavras e depois de proteger cuidadosamente a lâmpada, correu para uma das janelas e abriu os batentes de par em par contra a fúria da tempestade.

A violência da lufada que penetrou no quarto quase nos ergueu no ar. Era sem a menor dúvida uma noite tempestuosa, ainda que de uma beleza severa, uma noite espantosamente singular em seu terror e sua formosura. Um redemoinho aparentemente tinha se armado com toda a força nas redondezas, porque ocorriam alterações freqüentes e violentas na direção do vento e a densidade excessiva das nuvens (que estavam tão baixas que pareciam pressionar os torreões da casa) não impedia que percebêssemos a velocidade com que se movimentavam; tão rápidas, de fato, que pareciam vivas; e aproximavam-se de todos os pontos do céu, voando e acumulando-se umas sobre as outras, sem prosseguirem seu caminho natural ou se perderem na distância. Afirmei que mesmo este extremo acúmulo dos nimbos não impediu que notássemos sua singularidade – todavia não podíamos enxergar o menor sinal da lua e das estrelas, nem distinguíamos o fulgor dos relâmpagos. Mas as superfícies inferiores dos imensos bulcões de vapor agitado, do mesmo modo que todos os objetos que se achavam em nossa vizinhança imediata, brilhavam com a luz artificial de uma exalação gasosa levemente fosforescente e distintamente visível que envolvia e amortalhava a mansão.

– Você não deve – você não pode contemplar isto! – disse eu a Usher, enquanto tremia violentamente e o conduzia, com uma espécie de violência gentil, para longe da janela, até fazê-lo sentar em uma das poltronas. – Esse espetáculo, que o está assombrando, é formado meramente por fenômenos elétricos que não são incomuns – ou talvez tenham sua origem macabra nos miasmas pestilentos dessa lagoa estagnada. Vamos fechar a janela, o ar está gelado e é perigoso para seu organismo. Tenho aqui um de seus romances favoritos: eu vou ler e você vai escutar. Assim passaremos juntos esta noite terrível.

O antigo volume que eu havia apanhado denominava-se "Assembléia dos Loucos" e era de autoria de um Sir Launcelot Canning; porém, se eu o tinha declarado como um dos favoritos de Usher, era mais como uma brincadeira boba do que seriamente, porque, de fato, há muito pouca coisa em sua prolixidade grosseira e sem imaginação que pudesse despertar o interesse do idealismo altivo e espiritual de meu amigo. Todavia, era o único livro que se achava à mão; e eu acalentava uma vaga esperança de que a excitação que agora agitava aquele hipocondríaco poderia encontrar alívio (porque a literatura das perturbações mentais está cheia de anomalias semelhantes) na própria loucura extremada que o livro descrevia e que eu me propunha a ler. Se estivesse julgando corretamente, a partir do ar de vivacidade excessivamente tensa com que ele escutava, ou fingia escutar as palavras da narrativa, eu poderia muito bem ter me congratulado com o sucesso de meu artifício.

Eu havia chegado àquela parte bem conhecida da história em que Ethelred, o herói da Assembléia, tendo tentado em vão ser admitido pacificamente na morada do eremita, passa à tentativa de forçar a entrada. Neste ponto, segundo hão de recordar, as palavras da narrativa são as seguintes:

"E Ethelred, que era por natureza de um coração valente, e que se encontrava agora ainda mais encorajado pela força do vinho que havia bebido, não permaneceu mais a parlamentar com o eremita, que, diga-se de passagem, era de um caráter obstinado e malicioso; porém, ao sentir a chuva bater-lhe sobre os ombros, temendo que se erguesse uma tempestade, ergueu bem alto sua maça de guerra e com dois ou três golpes rebentou facilmente as pranchas da porta e abriu caminho com sua manopla; enfiando esta violentamente, quebrou, puxou e arrancou toda a porta, de tal modo que o barulho da madeira seca e de som oco repercutiu e reverberou através da floresta."

Ao término desta sentença, tive um sobressalto e, por um momento, fiz uma pausa; pois me pareceu (embora eu imediatamente concluísse que minha imaginação excitada me tinha enganado), tive a impressão de que, de algum recanto muito remoto do solar, chegara a meus ouvidos, se bem que indistintamente, o que poderia ter sido, em exata similidaridade de caráter, o eco (certamente abafado e longínquo) do próprio som de partir e quebrar que Sir Launcelot havia descrito com tantas particularidades. Fora, sem dúvida, a pura coincidência que me havia atraído a atenção; porque, entre o sacudir e ranger dos caixilhos da vidraça e os sons violentos, mas normais, da tempestade que cada vez ficava mais forte, aquele som fraco não representava nada em si mesmo; nada, de fato, que pudesse ter despertado meu interesse ou causado perturbação de qualquer espécie. Prossegui na leitura da história:

"Porém o bom campeão Ethelred, atravessando a porta, ficou profundamente assombrado e enraivecido por não encontrar sinal algum do malvado eremita; mas, em seu lugar, um dragão recoberto de escamas e de tamanho prodigioso assentava-se a guardar um palácio de ouro com piso de prata; e de sua muralha pendia um escudo de bronze brilhante em que se achava gravada esta sentença:

"Quem aqui entrar, conquistador será;

"Quem matar o dragão, o escudo ganhará.

"E Ethelred ergueu sua maça e bateu com ela na cabeça do dragão, que tombou diante dele e soltou seu último suspiro pestilento, com um uivo tão horrendo e terrível e ao mesmo tempo tão agudo e penetrante, que Ethelred precisou tapar os ouvidos com as mãos recobertas de guantes, para escapar ao pavoroso rugido, tal que nunca antes fora escutado."

E novamente eu fiz uma pausa abrupta, agora com um sentimento de vívido assombro, porque não podia haver dúvida que, nesse mesmo instante, eu realmente ouvi (embora fosse impossível precisar de que direção) um uivo baixo e aparentemente distante, mas rouco, prolongado, um berro totalmente incomum, um som penetrante e rascante – a duplicata perfeita do modelo que minha mente já havia conjurado para o uivo violento do dragão, conforme tinha sido descrito no romance.

Mesmo que me sentisse oprimido, como certamente fiquei, devido à ocorrência desta segunda coincidência assim extraordinária, por mil sensações conflitantes, dentre as quais o assombro e um extremo terror eram predominantes, ainda assim retive suficiente presença de espírito para evitar qualquer observação que pudesse excitar os nervos sensíveis de meu companheiro. Não estava absolutamente certo de que ele tivesse escutado aqueles sons; embora, seguramente, uma estranha alteração tivesse ocorrido em sua atitude durante os últimos minutos. Estava anteriormente sentado diretamente à minha frente, mas havia gradualmente modificado a posição de sua poltrona, de modo que agora se assentava com o rosto voltado para a porta do quarto; e deste modo eu podia perceber apenas parcialmente as feições de seu rosto, embora enxergasse perfeitamente que seus lábios tremiam como se ele estivesse deixando escapar um murmúrio inaudível. Seu queixo tinha caído sobre o peito, mas eu sabia que não se achava em absoluto adormecido, porque podia ver um único olho junto a seu perfil, o qual estava arregalado e imóvel como se feito de vidro. O movimento de seu corpo, também, contrariava esta idéia, pois ele se balançava de um lado para o outro em um oscilar vagaroso, embora constante e uniforme. Tendo percebido tudo isso num relance, retomei a narrativa de Sir Launcelot, que assim prosseguiu:

"E agora o campeão, que havia escapado da fúria terrível do dragão, recordando-se do escudo de bronze e de como havia quebrado o encantamento que havia sobre ele, removeu a carcaça da besta de sua frente e avançou valorosamente pelo pavimento de prata do castelo até o ponto em que o escudo pendia de uma das muralhas; e de fato, este não esperou que o alcançassem, mas precipitou-se perante seus pés sobre o piso de prata com um clangor ressonante e terrível."

Tão logo estas sílabas tinham atravessado meus lábios – como se de fato um escudo de bronze tivesse nesse momento caído pesadamente sobre um pavimento argênteo –, escutei uma reverberação perfeitamente distinta, cavernosa, metálica e sonora, ainda que aparentemente abafada. Completamente atemorizado, ergui-me de repente; mas o balançar compassado de Usher prosseguiu imperturbável. Avancei para a poltrona em que ele sentava. Seus olhos estavam esbugalhados, inteiramente fixos à sua frente, enquanto toda a sua fisionomia demonstrava uma rigidez de pedra. Mas no momento em que lhe coloquei a mão sobre o ombro, um forte estremecimento percorreu todo o seu corpo, um sorriso doentio tremulou-lhe nos lábios; e vi que estava falando, numa algaravia murmurante, apressada e quase inaudível, como se ainda estivesse inconsciente de minha presença. Curvei-me para mais perto dele e finalmente escutei o conteúdo horrendo de suas palavras:

– Acha que não escutei? Sim, escutei e já *venho escutando* há muito tempo. Há muito, muito, muito tempo, muitos minutos, muitas horas, muitos dias, eu venho escutando. Mas não ousava... Ah, tenha pena de mim, do infeliz miserável que sou! Eu não ousava... Eu não *ousava* falar! Nós dois *a encerramos viva naquela cripta que lhe serviu de túmulo*! Pois eu não lhe disse que todos os meus sentidos eram muito aguçados? Pois agora eu lhe digo que escutei seus primeiros movimentos débeis dentro do caixão. Eu os escutei, muitos, muitos dias atrás – e todavia não ousava – *eu não ousava falar*! E agora, hoje à noite – Ethelred, ah, ah! –, quando quebrou a porta do eremita; e o grito de morte do dragão e o clangor do escudo! Não, meu amigo, era seu ataúde se quebrando, o rangido das dobradiças de ferro de sua prisão e a sua luta dentro da arcada de cobre que conduzia à cripta! Ai de mim, para onde hei de fugir? Não subirá ela até aqui em breve? Não está se precipitando pelas escadas acima a fim de me repreender por minha pressa? Pois eu não escutei seus passos nos degraus? Não discerni aquela batida horrível e pesada de seu coração? Doido! – e aqui ele ergueu-se furiosamente e ficou em pé e gritou as últimas sílabas, como se no esforço estivesse entregando a própria alma: – *Louco! Pois eu lhe digo que, neste mesmo momento, ela está em pé do outro lado da porta!*

Como se na energia sobre-humana de sua última exclamação se encontrasse a potência de um encantamento, os imensos painéis antigos para que apontava abriram lentamente, nesse mesmo instante, suas mandíbulas poderosas de ébano. Sem dúvida foi obra do vento furioso – mas de fato, do outro lado da porta *realmente* estava parada a figura altiva e amortalhada de Lady Madeline de Usher. Havia sangue em suas vestes brancas e a evidência de uma terrível luta era demonstrada por cada porção de seu arcabouço emaciado. Por um momento, ela permaneceu tremendo e balançando para frente e para trás sobre o limiar – e então, com um profundo lamento, caiu pesadamente para dentro, nos braços de seu irmão e, nos estertores violentos e agora finais de sua agonia, arrastou-o consigo para o chão, também um cadáver, vítima dos terrores que havia antecipado.

Fugi espavorido daquele quarto e daquela mansão. A tempestade ainda rugia em toda a sua cólera, enquanto eu atravessava a velha alameda. Subitamente irrompeu ao longo do caminho uma luz fulgurante e voltei-me para descobrir de onde um brilho tão irreal poderia ter brotado; pois somente a vasta casa e suas sombras se encontravam por detrás de mim. A irradiação provinha da lua cheia, que se aproximava do ocaso, vermelha como sangue, e que agora brilhava vividamente através das fissuras que antes eram apenas perceptíveis e que já havia mencionado estenderem-se desde o teto do edifício e depois descerem ziguezagueando pelas paredes até os alicerces. Enquanto eu olhava, as fissuras rapidamente se alargaram, ergueu-se um sopro violento do redemoinho – o inteiro esplendor do orbe do satélite explodiu subitamente à minha vista – meu cérebro girou loucamente enquanto eu contemplava as poderosas paredes se esboroando – houve um longo som tumultuoso como um grito, um trovejar como a voz de muitas águas – e a lagoa profunda e lamacenta fechou-se, diante de meus pés, fúnebre e silenciosamente, sobre os destroços da *Casa de Usher*.

William Wilson

Que hei de dizer a respeito disso? Que
tem a dizer a severa CONSCIÊNCIA,
Esse espectro em meu caminho?
Chamberlain, em *Pharronida*.

Permitam por alguns momentos que eu me apresente como William Wilson. A bela página que agora jaz inerme diante de mim não merece ser conspurcada por meu verdadeiro nome. Este já foi por demasiado tempo objeto de zombaria, motivo de horror, até mesmo abominação para toda a minha família. Pois os ventos da indignação não levaram às mais remotas regiões do globo sua infâmia sem paralelo? Ah, proscrito, de todos os proscritos o mais abandonado! Pois o mundo não te considera morto e enterrado para sempre? Morto para suas honras, para suas flores, para suas aspirações luminosas? E uma nuvem densa, sombria e sem limites não paira eternamente entre tuas esperanças e os céus?

Não gostaria, mesmo que pudesse, aqui e agora, de relatar as recordações de meus anos passados em sofrimento indizível e crimes imperdoáveis. Esta época, nestes últimos anos, atingiu uma súbita elevação de minha torpeza e meu propósito presente é determinar-lhe tão somente a origem. Os homens, em geral, vão se envilecendo gradativamente. Mas de mim, em um único instante, tombou toda a virtude como se despe um manto. De uma pecaminosidade relativamente trivial eu alcancei, com o passo de um gigante, enormidades maiores que as de Elah-Gabalus.[1] Qual foi o acaso, qual foi o evento em particular que produziu esta desgraça, aguardem um pouco, que relatarei. A Morte se aproxima; e a sombra que a anuncia lançou uma influência suavizadora sobre meu espírito. Anseio, ao passar pelo Vale da Sombra da Morte, por receber a simpatia – quase escrevi a piedade – dos homens meus semelhantes. Preferia que eles acreditassem que eu fui, até certo ponto, o escravo de circunstâncias além do controle humano. Gostaria que buscassem em meu nome, por entre os detalhes que estou a ponto de relatar, algum pequeno oásis de *fatalidade* no meio de um tão grande deserto de erros. Gostaria que me permitissem – que não pudessem evitar de me permitir – a excusa de que, embora quem sabe tenha havido anteriormente tentações tão grandes como a minha, nenhum homem foi, ao menos, tentado *exatamente desta forma* – e que, certamente, nenhum decaiu *a esse ponto*. Será, portanto, essa a razão por que ninguém mais sofreu assim? E, na verdade, não terei eu vivido todo esse tempo em um sonho? E não estarei agora morrendo vítima do horror e do mistério das mais violentas de todas as visões que se contemplam sob a luz da lua?

Sou descendente de uma família cujo temperamento imaginativo e facilmente excitável notabilizou-a em todas as épocas; na minha primeira infância, já dava evidências de que havia herdado plenamente o caráter familiar. À medida que eu avançava em anos, ele desenvolveu-se com força cada vez maior, tornando-se, por muitas razões, uma causa de séria inquietação para meus amigos e positivamente prejudicial para mim mesmo. Cresci voluntarioso, presa dos caprichos mais estranhos, controlado

1. O imperador romano Heliogábalo, 204-222. Excedeu-se em extravagâncias, autoproclamou-se deus e perseguiu os cristãos. Foi morto pela Guarda Pretoriana, em 222. (N. do T.)

pelas paixões mais turbulentas. Meus pais eram fracos e afetados por enfermidades hereditárias semelhantes às minhas e pouco podiam fazer para controlar as propensões malignas que me caracterizavam. Alguns esforços débeis e mal direcionados resultaram em completo fracasso e, naturalmente, em meu triunfo total sobre eles. A partir de então, minha vontade era a lei da casa; e, numa idade em que poucas crianças se furtaram ao controle da mãe e à orientação do pai, foi-me permitido seguir livremente minha própria vontade; e tornei-me, em tudo exceto no nome, o senhor de minhas próprias ações.

Minhas primeiras lembranças de uma vida escolar estão ligadas a uma grande mansão elizabetana cheia de vastos aposentos, situada em uma brumosa aldeia da Inglaterra, na qual havia grande número de árvores antigas e retorcidas e cujas casas eram todas extremamente velhas. De fato, aquela aldeia venerável e vetusta era um lugar de sonho, capaz de tranqüilizar a maior parte dos espíritos. Neste momento, em minha fantasia, recordo o frescor revigorante de suas avenidas recobertas de largas sombras, inalo a fragrância de seus mil arbustos em flor e me emociono novamente com uma delícia inexprimível, quando me parece escutar outra vez o som cavo e profundo do campanário da igreja, impondo-se a cada hora, em clangor súbito e merencório, sobre a quietude da atmosfera enevoada em que se erguia a espira gótica cheia de relevos, aparentando estar embebida nas nuvens e adormecida na neblina.

Talvez sejam estas reminiscências que me dêem o máximo de prazer que posso agora experimentar, a recordação minuciosa da escola e das coisas que ela continha. Carregado de infortúnio como me acho agora – uma infelicidade, ai de mim! que é demasiado real –, serei perdoado se buscar um certo alívio, por leve e transitório que seja, através da fraqueza de descrever algumas minúcias extravagantes. Estes detalhes, que podem ser considerados como totalmente banais e até ridículos em si mesmos, adquirem em minha fantasia uma importância postiça por se acharem ligados a um período e a um local em que reconheço os primeiros avisos ambíguos daquele destino amargo que depois me recobriria tão inteiramente. Deixem-me pois lembrar.

A casa, como descrevi, era velha e irregular. O terreno em que se erguia era extenso e um muro de tijolos alto e sólido, recoberto por cacos de garrafa, cercava o conjunto. Esta fortificação, que lembrava os limites de uma prisão, estabelecia as fronteiras de nosso domínio; o que se encontrava além dela nós somente víamos três vezes por semana – uma vez nas tardes de sábado, quando, acompanhados de dois regentes, tínhamos permissão para dar breves caminhadas, sem nos separarmos uns dos outros, através de alguns dos campos que nos circundavam, e duas vezes aos domingos, quando éramos conduzidos da mesma maneira formal aos ofícios matutinos e vespertinos da única igreja da aldeia. O diretor de nossa escola era o pastor da igreja. Como eram profundos o espanto e a perplexidade com que eu o encarava de nosso banco remoto na galeria, no momento em que ele ascendia ao púlpito com um andar compassado e solene! Este reverendo, cuja fisionomia era tão modestamente benigna, usando vestes clericais tão engomadas e adejantes, com uma peruca tão cuidadosamente empoada, tão rígida e tão vasta, poderia ser de fato a mesma pessoa que recentemente, com rosto austero e amargo e usando roupas cheirando a mofo, tinha administrado, palmatória na mão, as leis draconianas da Academia? Ah, paradoxo gigantesco, tão completamente monstruoso que não tinha solução!

Em um ângulo do muro imponente, havia um portão que parecia ainda mais carrancudo e altaneiro.

Era rebitado e guarnecido por pranchas de ferro e tinha espigões de ferro pontiagudos na parte superior. Que impressões de profunda admiração ele inspirava! Nunca era aberto, salvo para as três excursões e retornos periódicos que já descrevi; nesses momentos, em cada estalar e ranger de suas robustas dobradiças, deparávamos com a plenitude do mistério, um mundo de solenes observações e meditações ainda mais solenes.

O extenso recinto tinha formato irregular e muitos recantos espaçosos. Destes, havia três ou quatro dos maiores que formavam o pátio de recreio. Era plano e recoberto de cascalho fino e duro. Lembro-me muito bem de que não havia árvores, nem bancos, nem qualquer coisa do gênero. É claro que ficava na parte de trás da casa. Na frente, havia um pequeno jardim, onde cresciam renques de buxo e de outros arbustos; porém, através deste espaço sagrado, nós passávamos somente em ocasiões muito raras – tais como a primeira vez em que nos traziam à escola ou em nossa partida final, ou talvez quando um de nossos pais ou um amigo vinha visitar-nos e nos levava cheios de alegria para os feriados do Natal ou da metade do ano.

Mas a casa! Que edifício estranho e antigo! Para mim era realmente um palácio encantado. Não parecia haver fim em seus corredores tortuosos, em suas incompreensíveis subdivisões. Era difícil, em qualquer ocasião, saber se a gente estava no andar térreo ou no superior. Conduzindo de cada peça para cada outra sala certamente haveria uma pequena escada de três ou quatro degraus que subiam ou desciam sem razão aparente. E os pequenos corredores que brotavam dos principais eram inumeráveis, inconcebíveis, dando tantas voltas sobre si mesmos que nossas idéias exatas sobre as dimensões reais da mansão não eram muito diversas de nosso conceito do infinito. Durante os cinco anos de minha residência nela, nunca fui capaz de determinar com precisão em que localidade remota se situava o pequeno dormitório que me fora designado e em que repousava com outros dezoito ou vinte colegas.

A sala de aula era o maior aposento da casa. Eu me sentia forçado a imaginar que fosse o maior salão do mundo. Era muito comprida, estreita e com o teto constrangedoramente baixo, ostentando janelas góticas ogivais e forro de carvalho. Em um canto remoto e aterrorizante achava-se um recinto quadrado de dois e meio a três metros, que era o *santuário*, "durante as horas de estudo", de nosso diretor, o reverendo doutor Bransby. Era uma estrutura sólida, com portas maciças, e qualquer de meus condiscípulos preferia morrer sob *peine forte et dure*[2] do que abri-las na ausência do "Dominie", o título que usava nosso diretor. Em outros dois cantos havia compartimentos semelhantes, na verdade muito menos reverenciados, mas que mesmo assim representavam lugares de muito respeito. Um deles era o púlpito do professor de "línguas clássicas" e o outro, do mestre de "inglês e matemática". Espalhados ao longo da sala de aula, virados em todas as direções, numa irregularidade sem fim, encontravam-se inúmeros bancos e classes, pretos, antigos, gastos pelo tempo, recobertos desordenadamente por livros folheados mil vezes; e a tal ponto perfurados por iniciais, nomes completos, figuras grotescas e outros esforços múltiplos de canivetes incontáveis, que haviam inteiramente perdido qualquer forma original que pudessem ter tido em dias que já lá vão. Havia um imenso balde com água em uma das extremidades da sala, equilibrado na outra por um relógio de dimensões estupendas.

---

2. Sob tortura horrível e extraordinária. Em francês no original. (N. do T.)

Cercado pelas paredes maciças desta venerável Academia, eu passei os anos do terceiro lustro de minha vida sem poder afirmar que tenha sido um período de tédio e de aborrecimento. O cérebro fecundo da adolescência não requer um mundo de incidentes externos para ocupá-lo ou diverti-lo; e a monotonia aparentemente desalentadora da escola estava repleta de excitamentos mais intensos do que aqueles que minha mocidade mais madura derivou da luxúria ou a plenitude de minha masculinidade gozou através do crime. Entretanto, devo acreditar que meu primeiro desenvolvimento mental trazia em si mesmo muitos aspectos incomuns – na verdade, muita coisa desusada e até ultrajante. Os eventos dos primeiros anos da existência raramente deixam uma impressão definitiva sobre os seres humanos em geral, na maturidade. A maior parte das lembranças está envolta em brumas cinzentas, recordações débeis e irregulares, uma reminiscência indistinta de prazeres amortecidos e dores fantasmagóricas. Comigo não sucedeu assim. Na infância e na primeira adolescência eu devo ter percebido as sensações com a mesma intensidade de um homem, pois eu agora as encontro estampadas na memória em linhas tão vívidas e tão profundas, tão duráveis como os exergos das medalhas cartaginesas.

Todavia se formos realmente considerar os fatos, segundo o ponto de vista mais mundano, como havia pouco a ser lembrado! Todas as manhãs, o alvorecer; todas as noites, uma chamada antes de nos deitarmos; havia as ordens para que decorássemos este ou aquele trecho, depois as declamações desses longos períodos; periodicamente, feriados parciais e passeios pelo recinto; o pátio de recreios, com suas brigas, passatempos e intrigas – tudo isto, através de uma feitiçaria mental cujos processos foram esquecidos de há muito, era transformado em uma intensidade de sensações, um mundo de incidentes ricos e variados, um universo de emoções mágicas, cheio da excitação mais apaixonada e da mais rica motivação do espírito. *"Oh, le bon temps, que ce siècle de fer!"*[3]

Na verdade, o ardor, o entusiasmo, a autoridade inerente a meu caráter logo me tornaram uma personalidade notável entre meus colegas, e através de uma gradação lenta, mas segura, me conferiram uma ascendência entre todos os que não eram muito mais velhos do que eu, com uma única exceção. Esta exceção era a pessoa de um estudante que, embora não fosse nem de longe meu parente, trazia o mesmo nome e sobrenome que eu ostentava – uma circunstância, em si mesma, pouco importante, porque, embora eu tivesse uma nobre ascendência, meu sobrenome era bastante difundido, um desses nomes corriqueiros, que parecem, através do direito da descendência colateral e de uma fertilidade abundante, terem se tornado desde tempos imemoriais a propriedade comum das multidões. Por este motivo, nesta narrativa designei a mim mesmo sob o nome de William Wilson, um título fictício que não é muito diferente do real. Somente meu tocaio, dentre todos os que na fraseologia da escola constituíam "nossa turma", tinha a presunção de competir comigo nos estudos da classe – e igualmente nos esportes e nas encrencas que ocorriam no pátio de recreio –, tinha o desplante de recusar uma crença implícita em minhas afirmações e, mais ainda, não se submetia à minha vontade – chegava ao ponto de interferir em minhas ordens arbitrárias com relação a qualquer assunto. Se existe na terra um despotismo supremo e absoluto, é justamente o exercido por um poderoso cérebro juvenil sobre os espíritos menos fortes de seus colegas.

---

3. "Que época boa era aquela, comparada com estes anos que parecem de ferro!" Em francês no original. (N. do T.)

A rebeldia de Wilson era para mim uma fonte de embaraço constante – muito particularmente porque, apesar das bravatas que continuamente eu proferia em público sobre o que pretendia fazer a ele e a suas pretensões, secretamente percebia que tinha medo dele e não conseguia parar de pensar na facilidade com que se demonstrava o meu igual, uma prova de sua verdadeira superioridade; ao passo que para mim mesmo era uma luta constante impedir que algum outro me superasse. Todavia esta superioridade – ou mesmo esta igualdade – não era reconhecida por ninguém exceto por mim mesmo; nossos colegas, devido a algum tipo inexplicável de cegueira, não pareciam sequer suspeitar. De fato, sua competição, sua resistência e especialmente sua interferência teimosa e persistente em meus propósitos não se manifestava publicamente, somente em particular. Ele parecia totalmente isento da ambição que acicatava e da energia apaixonada de minha personalidade que me permitiam salientar-me sobre os outros. Em sua rivalidade, ele parecia atuar somente por um desejo caprichoso de atrapalhar, surpreender e mortificar apenas a mim, embora houvesse ocasiões em que eu não podia me impedir de observar, com um sentimento complexo de espanto, rebaixamento e despeito, que ele misturava a suas injúrias, insultos e contradições uma certa *afeição* que me parecia muito inapropriada e que certamente era muito mal recebida. Eu somente podia compreender que este comportamento singular derivava de uma vaidade consumada que assumia os aspectos vulgares de patrocínio e de proteção.

Talvez fosse este último traço na conduta de Wilson, juntamente com a identidade de nossos nomes e o acidente meramente casual de que havíamos ingressado na escola no mesmo dia, que deu origem entre os alunos mais velhos à noção de que éramos irmãos. Os veteranos em geral não são muito estritos em suas indagações sobre os negócios dos calouros. Conforme disse antes, ou pelo menos deveria ter dito, Wilson não era ligado à minha família nem mesmo no grau mais remoto. Porém, sem a menor dúvida, se nós *fôssemos* irmãos, teríamos de ser gêmeos porque, depois de me haver desligado do estabelecimento do Dr. Bransby, descobri casualmente que meu tocaio havia nascido a 19 de janeiro de 1813, o que é outra coincidência notável, porque esta é precisamente a data de meu nascimento.

Pode parecer estranho que, a despeito da contínua ansiedade que me causava a rivalidade de Wilson e seu intolerável espírito de contradição, eu não conseguisse odiá-lo completamente. Nós tínhamos, por certo – e isto quase todos os dias –, alguma desavença em que, enquanto me concedia publicamente a palma da vitória, ele conseguia de alguma forma fazer-me sentir que de fato era ele que merecia o título de vencedor: e, entretanto, um senso de orgulho de minha parte e uma verdadeira dignidade da sua nos mantinham sempre no que chamávamos de "relações cordiais", e ao mesmo tempo existiam muitos pontos em que concordávamos inteiramente, o que operava para despertar em mim um sentimento de que era, talvez, somente a nossa posição que impedia que estabelecêssemos um forte vínculo de amizade. Indubitavelmente, é difícil definir ou mesmo descrever os meus verdadeiros sentimentos com relação a ele. Constituíam uma mistura complexa e heterogênea – uma certa animosidade petulante que não chegava a ser rancor, um pouco de estima, um pouco mais de respeito, muito medo e uma grande porção de curiosidade mais ou menos incômoda. Para um moralista será desnecessário dizer, além disso, que Wilson e eu éramos os companheiros mais inseparáveis.

Foi sem dúvida o estado peculiar das relações que existiam entre nós que fez com que todos os ataques que eu lhe dirigia (estes eram freqüentes, aberta ou disfarçadamente) se canalizassem na forma de zombarias ou de brincadeiras pesadas (em que lhe causava alguma dor, pretendendo que estava apenas fazendo troça), impedindo o surgimento de uma hostilidade mais séria e determinada. Porém minhas tentativas neste sentido eram uniformemente malsucedidas, mesmo quando meus planos tinham sido concebidos da maneira mais sutil; porque meu tocaio tinha muitos aspectos em seu caráter daquela austeridade tranqüila e despretensiosa que empresta a quem a possui o privilégio de gozar seus próprios motejos sem apresentar nunca ao adversário o próprio calcanhar de Aquiles, recusando-se absolutamente a reconhecer que está sendo objeto de troça. Sem dúvida, eu somente podia encontrar um ponto vulnerável, que dependia de uma característica pessoal, fruto talvez de uma doença hereditária, que provavelmente teria sido poupado por qualquer antagonista que não se encontrasse em uma situação tão desesperada como a minha – meu rival apresentava uma fraqueza nos órgãos respiratórios ou na fonação que o impedia de erguer a voz, a qualquer momento, a um nível acima *de um sussurro muito baixo*. Não deixei de tirar deste pobre defeito todas as miseráveis vantagens que minha malícia podia alcançar.

As represálias de Wilson eram muitas e da mesma espécie; havia em particular uma forma de brincadeira pesada que me perturbava além da medida. Como sua sagacidade conseguiu descobrir pela primeira vez que uma coisa tão pequena poderia me envergonhar, é uma questão que nunca pude resolver; mas, uma vez descoberta, passou a me aborrecer com ela habitual e constantemente. Eu sempre tinha sentido uma certa aversão por meu nome de família, que não me parecia nobre o bastante, e por meu nome de batismo, tão comum que me parecia plebeu. Essas palavras tão triviais soavam como se me derramassem veneno nos ouvidos; e quando, no próprio dia de minha chegada, um segundo William Wilson também se apresentou na Academia, senti intensa raiva porque ele trazia o mesmo nome; e fiquei duplamente desgostoso com o nome que recebera, porque um estranho tinha exatamente o mesmo, daria motivo a que fosse mencionado duas vezes, estaria constantemente em minha presença e, pior ainda, porque os assuntos desse estranho, na rotina comum do processo escolar, deveriam, de forma inevitável, ser confundidos freqüentemente com os meus, devido a essa detestável coincidência.

O sentimento de vergonha assim surgido tornou-se mais forte à medida que surgiam circunstâncias propensas a demonstrar semelhança moral ou física entre meu rival e eu. Nessa época eu ainda não havia descoberto o fato notável de que éramos exatamente da mesma idade, mas não podia deixar de ver que éramos da mesma altura e percebia sermos singularmente semelhantes na silhueta corporal e até mesmo nos traços do rosto. Outra coisa que me zangava era o boato de que éramos parentes, o qual corria à solta entre os veteranos. Em uma palavra, nada podia perturbar-me mais seriamente (por mais que eu escondesse escrupulosamente essa perturbação) do que qualquer alusão a uma similaridade de inteligência, robustez física ou ainda outra condição que pudesse existir entre nós. Porém, na verdade, eu não tinha razão para crer que (com exceção da questão do parentesco, que todos comentavam; ou pelos comentários do próprio Wilson, que em geral ficavam entre nós) esta semelhança tivesse sido comentada ou mesmo percebida por nossos companheiros de escola. Que *ele* a observava em todas as suas facetas e tão claramente quanto eu, era fora de dúvida; mas que meu colega pudesse encontrar nessas circunstâncias um motivo tão preciso para me aborrecer somente pode ser atribuído, como disse antes, à agudeza e penetração de seu espírito, que eram realmente fora do comum.

A maneira como ele se desforrava era fazendo uma perfeita imitação de mim, tanto em palavras como em ações e, de fato, conseguia me arremedar admiravelmente. Era bastante fácil copiar a maneira como me vestia; meu andar, modos e maneirismos foram imitados sem a menor dificuldade; e, apesar do seu defeito de elocução, até mesmo minha voz foi dominada por ele. É claro que ele não tentava falar tão alto como eu, porque realmente não poderia, mas o timbre era idêntico e *aquele seu murmúrio singular acabou se transformando no próprio eco de quanto eu falava.*

Não vou nem tentar descrever até que ponto esse retrato tão perfeito me molestava (o pior é que não poderia ser realmente considerado uma caricatura). Meu único consolo era o fato de que a imitação, aparentemente, só era percebida por mim: ninguém mais parecia notar e eu tinha de suportar somente os sorrisos cúmplices e estranhamente sarcásticos de meu xará. Estando satisfeito por haver produzido em meu peito o efeito desejado, ele parecia deliciar-se com um sorriso secreto pela ferroada que me havia infligido e caracteristicamente desdenhava o aplauso público que o sucesso de seus esforços espirituosos poderia ter facilmente eliciado. Através de muitos meses de ansiedade, o fato de que a escola inteira não estava participando de seu projeto, não partilhava de seu sucesso, nem se juntava à sua zombaria constituiu um mistério que não pude resolver. Talvez tenha sido porque sua cópia foi sendo criada *gradativamente* e assim não se tornou de imediato perceptível; ou então, o que é bem mais possível, eu devia minha relativa segurança à maestria da realização do imitador, que desdenhava as aparências superficiais (que são tudo que os obtusos podem ver em uma imitação) e assumia, em vez disso, o espírito interno do original para benefício único de minha contemplação individual e pesarosa.

Já mais de uma vez mencionei o aborrecido ar de condescendência que ele assumia quando estava comigo e sua interferência constante e quase obrigatória em todos os meus planos. Esta interferência assumia muitas vezes o desagradável caráter de um conselho, que não era dado abertamente, mas sugerido ou insinuado. Recebia estas sugestões com uma repugnância que crescia cada vez mais à medida que os anos se passavam. Todavia, agora que essa época se tornou tão distante, far-lhe-ei a justiça de reconhecer que não posso recordar nenhuma ocasião em que as recomendações de meu rival fossem os erros correntes e as simples tolices naturais à sua imaturidade e aparente inexperiência; que seu senso moral, ao menos, se não seus diversos talentos e conhecimento do mundo eram muito mais aguçados que os meus próprios; e que, hoje em dia, eu poderia ter sido um homem de melhores sentimentos e, portanto, uma criatura mais feliz, se não tivesse rejeitado com uma freqüência tão constante os conselhos proferidos naquele tom murmurejante que na época eu odiava cordialmente e desprezava com tanta amargura.

Mas da maneira como transcorreram os fatos, eu finalmente me rebelei ao extremo contra sua supervisão constante e diariamente me ressentia, de forma cada vez mais aberta, contra o que considerava uma intolerável arrogância. Já mencionei que, nos primeiros anos de nossa conexão como condiscípulos, meus sentimentos com relação a ele poderiam ter facilmente amadurecido para uma sincera amizade; porém, nos derradeiros meses de minha residência na Academia, embora a intrusão de suas interferências quotidianas tivesse, até certo ponto, diminuído, meus sentimentos, numa proporção quase igual, tinham se convertido em perfeito ódio. Houve uma ocasião em que ele percebeu o que se estava passando, acho eu, e a partir desse ponto passou a me evitar, ou pelo menos procurou demonstrar abertamente que não procurava minha companhia.

Foi mais ou menos nesse mesmo período que, se é que recordo com exatidão, em uma violenta altercação com ele, durante a qual o peguei meio desprevenido, de tal modo que falou e agiu com uma desenvoltura e franqueza bastante diferentes do seu normal, descobri ou achei que tinha descoberto, em sua pronúncia, na sua atitude e em seu aspecto geral, alguma coisa que primeiro me espantou e a seguir interessoume profundamente, trazendo-me à lembrança visões obscuras de minha primeira infância – recordações vagas, confusas, mas avassaladoras de uma época em que minha própria memória ainda não havia nascido. Não sei de maneira melhor para descrever a sensação que me oprimiu do que confessar que tive a maior dificuldade para afastar a crença de que tinha conhecido aquele ser parado junto a mim em uma época muito longínqua, algum ponto em nosso passado que me parecia infinitamente remoto. Todavia esta ilusão desvaneceu-se tão rapidamente quanto surgiu; e só a menciono agora para definir o dia em que tive a última conversa com meu singular tocaio.

Aquela imensa casa antiga, com suas incontáveis subdivisões, possuía diversos grandes salões que se comunicavam uns com os outros e nos quais dormia a maior parte dos estudantes. Havia, entretanto (como necessariamente deveria acontecer em um prédio tão desajeitadamente dividido), muitos escaninhos, nichos e recessos, as extravagâncias e sobras da estrutura; e em todos estes, o engenho parcimonioso do Dr. Bransby tinha igualmente instalado pequenos dormitórios; somente que, sendo pouco maiores do que armários, tinham capacidade para acomodar um único indivíduo. Era um destes cubículos que fora destinado a Wilson.

Uma certa noite, quase no final de meu quinto ano na escola, imediatamente após a briga que acabei de descrever, depois de verificar que todos estavam adormecidos, ergui-me da cama com uma lâmpada na mão e esgueirei-me por um labirinto de passagens estreitas desde meu dormitório até o quartinho de meu rival. Tinha passado as primeiras horas da noite planejando uma daquelas brincadeiras de mau gosto às suas custas, nas quais até o presente eu tinha alcançado um insucesso tão notável. Minha intenção era pôr em prática o meu esquema e estava resolvido a fazê-lo sentir a extensão total da malícia que me dominava. Tendo chegado a seu cubículo, entrei em silêncio, deixando do lado de fora a lâmpada, devidamente coberta por um quebra-luz. Avancei um passo e escutei o ruído compassado de sua respiração. Certo agora de que ele estava adormecido, retornei, apanhei a lâmpada e, segurando-a firmemente, novamente me aproximei do leito. Havia cortinas fechadas a seu redor e para executar meu plano eu as corri lentamente e sem fazer barulho. Nesse momento, os raios brilhantes de luz caíram vividamente sobre o adormecido, enquanto meus olhos, no mesmo momento, fitavam-lhe o rosto. No instante em que olhei, uma espécie de dormência, uma sensação gelada instantaneamente percorreu-me todo o corpo. Meu peito ofegava, meus joelhos batiam, meu organismo inteiro foi presa de um horror tão sem motivo quanto era irracional. Lutando para respirar, baixei a lâmpada para mais perto ainda daquela face. Eram estes – eram *estes* os traços de William Wilson? Eu enxergava, eu via, sem a menor dúvida, que eram as suas feições, mas eu tremia como se estivesse sofrendo um ataque de malária, tomado pela noção de que não eram. O que havia naquele semblante que me confundia tanto assim? Eu o contemplei com os olhos arregalados, enquanto meu cérebro rodava, premido por uma multidão de pensamentos incoerentes. Não era assim que ele se apresentava – sem a menor dúvida, não tinha *esse aspecto* – nas horas mordazes em que me contrariava! O mesmo nome! O mesmo aspecto corporal! Chegara na Academia no mesmo dia que eu! E depois sua imitação obstinada e incompreensível de meu andar, minha voz, meus hábitos e todas as minhas maneiras! Seria verdadeiramente possível que aquilo *que eu avistava agora* fosse o mero resultado de ter praticado de uma forma tão habitual e constante sua sarcástica imitação? Tão apavorado como se tivesse sido atingido por um raio, tomado de arrepios da cabeça aos pés, apaguei a lâmpada, saí silenciosamente do aposento e, naquela mesma noite, abandonei os salões da velha Academia para nunca mais retornar.

Após o decorrer de alguns meses, que passei na casa de meus pais, em plena ociosidade, fui novamente estudar, só que desta vez matriculei-me no Colégio Preparatório de Eton. Aquele breve intervalo tinha sido suficiente para enfraquecer minha recordação dos eventos ocorridos no colégio do Dr. Bransby; ou pelo menos havia efetuado uma modificação quase material na natureza dos sentimentos com que envolvia essa lembrança. A verdade, a tragédia inerente ao drama já não mais existia. Podia até mesmo encontrar motivos para duvidar da evidência de meus sentidos; e raramente evocava o assunto, exceto para maravilhar-me com a extensão da credulidade humana; e meu rosto se abria em um sorriso de desprezo perante a vívida força de imaginação que recebera como dom hereditário. Esta espécie de ceticismo não tinha muitas possibilidades de ser abrandada pelo caráter da vida que levava em Eton. Lancei-me imediatamente em um vórtice de loucura descuidada e insensata que varreu tudo de minha memória, exceto as mais tênues recordações, como a espuma que o mar deixa na praia e que logo se desmancha, engolfando prontamente qualquer impressão de seriedade inerente àquelas reminiscências e deixando-me na mente apenas as leviandades e momentos mais agradáveis daquela existência anterior.

Não desejo, entretanto, registrar o curso de meu miserável desregramento neste local, uma temeridade que chegou a desafiar as próprias leis, aliada a uma esperteza animal que iludiu toda a vigilância da honrada instituição. Três anos de loucuras transcorreram sem nenhum proveito e apenas me fizeram adquirir hábitos enraizados de vício, ao mesmo tempo que minha estatura física aumentava a um ponto quase incomum, até que, depois de uma semana de dissipação estúpida, convidei um pequeno grupo dos estudantes mais dissolutos para uma bebedeira secreta no meu quarto. Reunimo-nos a uma hora bastante avançada, quando até os vigias estavam adormecidos, porque nosso deboche deveria ser prolongado compenetradamente até as primeiras horas da manhã. O vinho correu livremente; e não faltavam outras seduções, talvez ainda mais perigosas; de tal modo que a luz acinzentada da aurora já havia fracamente surgido no oriente e o delírio de nossa extravagância ainda se encontrava no auge. Loucamente excitado por um jogo de cartas e pela bebida, eu estava insistindo que levantássemos um brinde de caráter ainda mais profano que o costumeiro, quando minha atenção foi subitamente despertada pela abertura parcial mas violenta da porta de meu apartamento e pela voz ansiosa de um criado que permanecera do lado de fora. Ele mencionou que alguma pessoa, aparentemente com muita pressa, insistia em conversar comigo no vestíbulo.

Ainda sob a selvagem excitação do vinho, a interrupção inesperada mais me agradou que me surpreendeu. Cambaleei escadas abaixo de imediato e uns poucos passos me levaram até a entrada do edifício. Não havia lâmpada naquela peça pequena e de teto baixo e nenhuma luz entrava exceto os primeiros raios fracos da aurora que atravessavam uma janela semicircular. Mas no momento em que cruzei o limiar, percebi a figura de um jovem mais ou menos da minha altura, usando um fraque matinal de casimira branca, cortado na última moda, exatamente igual ao que eu usava naquele momento. Foi somente isto que a luz fraca me permitiu perceber, mas não conseguia distinguir os traços de seu rosto. Porém no momento em que entrei na sala, ele veio apressadamente ao meu encontro e agarrando-me o braço em um gesto de impaciência petulante, murmurou em meu ouvido as palavras "William Wilson"!

No mesmo instante, toda a minha embriaguez se desvaneceu.

Havia alguma coisa nos modos do desconhecido, na maneira incerta como lhe tremia um dedo que havia erguido entre meus olhos e a luz, que me pervadiu com um espanto total e irreprimível; mas não tinha sido isto que me havia afetado tão violentamente. Era a concentração, a advertência solene daquela única sentença singular, pronunciada em tom baixo e sussurrante. Acima de tudo, era o caráter, *o timbre* destas poucas sílabas, tão simples, tão familiares, que tinham sido *murmuradas* e atravessaram uma multidão de lembranças que se comprimiam umas às outras através das memórias de mil dias passados e que se chocaram sobre mim com o impacto de uma corrente elétrica. E o mais estranho foi que, antes que eu pudesse responder ou mesmo recuperar o uso de meus sentidos, o visitante desapareceu.

Embora este evento tivesse provocado um vivo efeito sobre minha imaginação descontrolada, foi tão fugaz quanto pungente. Realmente, durante algumas semanas, eu me ocupei com as investigações mais prementes; e o restante do tempo permanecia envolto em uma nuvem de especulação mórbida. Nem por um momento tentei disfarçar de minha percepção a identidade do indivíduo singular que havia retornado com tanta perseverança para interferir em meus atos e molestar-me com admoestações apenas insinuadas. Mas quem e *o quê* era este Wilson? De onde vinha? Quais eram seus propósitos? Não pude chegar à menor conclusão sobre qualquer destes pontos; a única coisa que consegui descobrir com relação a ele foi que um acidente súbito em sua família ocasionara sua saída da Academia do Dr. Bransby justamente na tarde seguinte à noite em que eu havia fugido. Dentro de poucas semanas cessei de pensar sobre o assunto; minha atenção foi completamente absorvida por minha partida para Oxford. Logo mudei-me para lá; a vaidade inconseqüente de meus pais logo me forneceu as roupas e uma renda anual que me permitiram gozar à vontade todos os luxos que já eram tão caros a meu coração – rivalizar, na profusão de despesas, com os herdeiros mais altivos dos condados mais ricos da Grã-Bretanha.

Excitado por tais recursos, meu temperamento natural lançou-se ao vício com vigor redobrado e abandonei até mesmo as restrições mais comuns da decência na vaidade louca de meus desatinos. Mas será absurdo relatar agora os detalhes de minhas extravagâncias. Basta dizer que em minhas dissipações fui mais pródigo que o Rei Herodes e que, tendo criado uma série de extravagâncias até então sem nome, acrescentei um apêndice nada curto ao longo catálogo de vícios que na época eram corriqueiros nas universidades mais dissolutas da Europa.

Contudo, dificilmente pode ser acreditado que eu tenha, mesmo neste ponto, decaído tanto da situação de um cavalheiro que procurasse aprender os truques mais vis dos jogadores profissionais, que me tornasse admiravelmente hábil nesta ciência desprezível, que a praticasse habitualmente como um meio de aumentar minha renda já enorme às custas dos mais tolos dentre meus colegas universitários. E todavia, foi isso que aconteceu. E a própria enormidade desta ofensa contra todos os sentimentos honrados e viris tornou-se, indubitavelmente, a principal, senão a única causa da impunidade com que era praticada. Quem, realmente, mesmo entre meus companheiros mais dissolutos, não preferiria negar as evidências mais claras de seus sentidos do que acusar de tais baixezas o alegre, franco e generoso William Wilson – o mais nobre e mais liberal plebeu de Oxford –, aquele cujas tolices (diziam meus parasitas) eram apenas as maluquices da juventude, resultado de uma fantasia desenfreada, cujos erros eram somente caprichos inimitáveis, cujos vícios mais negros eram apenas uma extravagância descuidada e magnífica?

Já fazia dois anos que eu trapaceava com o maior sucesso, quando ingressou na Universidade um jovem nobre *parvenu*[4] de nome Glendinning, tão rico, segundo o falatório, como o afamado Herodes Atticus[5] e cujas riquezas tinham sido adquiridas de uma maneira igualmente fácil. Logo verifiquei que era de intelecto fraco e naturalmente marquei-o como uma vítima adequada para minhas habilidades. Passei a convidá-lo freqüentemente para jogar e providenciei, com a esperteza usual de um profissional, para que ele me ganhasse somas consideráveis, a fim de emaranhá-lo mais facilmente em minhas armadilhas. Finalmente, depois que considerei madura a preparação, encontrei-me com ele (com a intenção firme de que este encontro deveria ser final e definitivo)

---

4. Felizardo, bem-sucedido. Em francês no original. (N. do T.)

5. Tiberius Claudius, chamado Herodes Atticus, mecenas e retórico grego, natural de Maratona (101-177). Tendo conquistado grande fortuna através do comércio, utilizou-a para a construção de obras públicas na Grécia, especialmente o Odeon. (N. do T.)

nos aposentos de um outro estudante também plebeu (Mr. Preston) que tinha tanta intimidade com ele quanto comigo, mas o qual, para render-lhe justiça, não tinha nem a mais remota suspeita de meus propósitos. Para assegurar que meu esquema tivesse melhor aspecto, tinha reunido um grupo de oito ou dez possíveis jogadores e tive o mais estrito cuidado para que a introdução do jogo de cartas parecesse totalmente acidental e originada por uma proposta do próprio pato que eu pretendia depenar. Para resumir um assunto assim tão sujo, não omiti nenhum dos estratagemas indignos, tão costumeiros nessas ocasiões que realmente é de espantar que ainda existam indivíduos tolos o bastante para serem vítimas deles.

Prolongamos a partida pela noite adentro e finalmente executei as manobras necessárias para preparar uma mão em que Glendinning fosse meu único antagonista. O jogo também era meu favorito, o *écarté*. O resto da companhia, com o interesse despertado pela extensão de nossas apostas, tinha passado, abandonando suas próprias cartas, e permanecia de pé a nosso redor como espectadores. O *parvenu*, que tinha sido induzido por meus artifícios na primeira parte da noite a beber além da conta, agora baralhava, dava as cartas e jogava com profundo nervosismo, de uma maneira tal que sua embriaguez, segundo eu pensava, poderia parcialmente explicar, embora não a justificasse totalmente. Em um período muito breve ele já me devia uma soma muito elevada e então, após tomar um longo trago de vinho do porto, ele fez precisamente o que eu vinha antecipando friamente – propôs-me dobrar nossas apostas já extravagantes. Com uma demonstração muito bem fingida de relutância, somente depois que minhas recusas repetidas o haviam seduzido a proferir algumas palavras iradas, que acrescentaram uma nuance de desafio à minha concordância, aceitei finalmente. O resultado, naturalmente, apenas provou quão inteiramente a presa se achava em minhas garras: em menos de uma hora ele havia quadruplicado sua dívida. Desde algum tempo seu semblante vinha perdendo o rubor característico que lhe tinha sido emprestado pelo vinho; porém agora, para meu espanto completo, percebi que seu rosto se cobria de uma palidez realmente pavorosa. Falei em meu completo espanto, porque Glendinning me tinha sido apresentado como possuidor de uma riqueza incomensurável; a soma que ele já tinha perdido, embora vasta em si mesma, não poderia, segundo eu imaginava, aborrecê-lo muito seriamente, quanto mais afetá-lo daquela maneira tão violenta. A explicação que se apresentou mais facilmente foi a de que ele tinha sido vencido enfim pelo último trago de vinho que engolira; mais com a intenção de preservar a minha imagem aos olhos de meus companheiros do que por algum outro motivo menos egoísta, eu estava a ponto de insistir, peremptoriamente, que o jogo fosse interrompido, quando algumas sentenças proferidas atrás de mim por alguns dos assistentes e uma exclamação que evidenciava total desespero da parte de Glendinning fizeram-me compreender que eu tinha efetivado sua ruína total sob circunstâncias que, tornando-o objeto da piedade de todos, deveriam tê-lo protegido dos malefícios do próprio demônio.

Qual deveria ser agora minha conduta é difícil dizer. A condição lastimável de minha vítima tinha lançado um ar de tristeza embaraçada sobre todos; por alguns momentos, um profundo silêncio foi mantido, durante o qual não pude evitar que minhas faces se ruborizassem diante dos muitos olhares de desprezo ou reprovação lançados sobre mim pelos membros menos empedernidos da companhia. Até mesmo confessarei que um peso intolerável de ansiedade foi retirado por um breve instante de sobre meu peito pela súbita e inesperada interrupção que se sucedeu. As folhas largas da pesada porta do apartamento escancararam-se repentinamente, com uma impetuosidade vigorosa e súbita que apagou, como por mágica, todas as velas da sala do jogos. Sua luz, ao morrer, permitiu-nos simplesmente perceber que um estranho tinha entrado, mais ou menos de minha própria altura, completamente envolto em uma pesada capa. Mas agora a escuridão era total e podíamos apenas *pressentir* que ele se achava em nosso meio. Antes que qualquer um de nós se pudesse recobrar do extremo espanto que sua violenta entrada nos tinha causado, escutamos a voz do intruso:

– Cavalheiros – disse ele em uma voz baixa e clara, naquele inesquecível *murmúrio* que me congelou a própria medula dos ossos. – Cavalheiros, não me desculparei por meu comportamento intempestivo porque, ao agir assim, estou apenas cumprindo um dever. Sem a menor dúvida, vocês não estão informados do verdadeiro caráter da pessoa que esta noite ganhou uma soma tão elevada de Lord Glendinning no jogo de *écarté*. Vou propor-lhes portanto um plano rápido e decisivo para obterem esta informação tão necessária. Façam-me o favor de examinar, com toda a calma que quiserem, o forro interno do punho de sua manga esquerda e os diversos pacotinhos que podem ser encontrados nos bolsos bastante vastos de seu roupão bordado.

Tão profundo foi o silêncio enquanto ele falava, que se poderia escutar a queda de um alfinete sobre o assoalho. E no momento em que terminou seu discurso, ele partiu tão abruptamente quanto havia entrado. Será que posso...? Será que consigo descrever minhas sensações? Devo expressar que pareceu-me sentir todas as torturas dos condenados ao inferno? E o pior é que tive muito pouco tempo para refletir. Muitas mãos me seguraram brutalmente no lugar em que me encontrava e as luzes foram de imediato acesas. No forro de minha manga foram encontradas todas as cartas de maior valor necessárias para o jogo de *écarté*; nos bolsos de meu roupão, um certo número de baralhos iguais àqueles que tinham sido usados em nosso jogo, com a única exceção de que os meus eram da espécie chamada tecnicamente de *arrondées*: as figuras e ases eram levemente convexas em cima e embaixo, enquanto as cartas de valor mais baixo eram levemente convexas nas laterais. Nestas condições, o ingênuo que corta, como de costume, ao comprido do baralho, invariavelmente dará a seu antagonista uma carta alta; ao passo que o jogador profissional, cortando pela largura, pelo mesmo processo somente dará ao adversário cartas baixas e não fornecerá a suas vítimas nenhuma carta de valor que possa favorecê-lo no jogo.

Qualquer explosão de indignação provocada por esta descoberta teria me afetado menos que o desprezo silencioso ou a calma sarcástica com que foi recebida.

– Mr. Wilson – disse nosso anfitrião, curvando-se para remover de baixo de seus pés uma capa de peles raras extremamente luxuosa. – Mr. Wilson, creio que este objeto é seu. (O tempo estava frio e antes de deixar meu próprio apartamento no mesmo prédio, eu tinha jogado esse manto sobre meu roupão e o havia tirado ao chegar à cena do jogo.) Presumo que seja desnecessário procurar aqui (olhando as dobras da vestimenta com um sorriso amargo) qualquer outra evidência de suas habilidades. Sem a menor dúvida, já encontramos uma quantidade suficiente. Você perceberá a necessidade, assim espero, de abandonar Oxford – de qualquer maneira, deverá deixar imediatamente os meus aposentos.

Envergonhado e humilhado até o pó, como nesse momento me achava, é provável que eu tivesse respondido a essa linguagem mortificante por meio de uma reação imediata de violência física, se minha atenção inteira não estivesse presa naquele momento por um fato extremamente impressionante. A capa que eu havia usado era confeccionada com peles muito raras; até que ponto eram raras, o preço extravagante que havia pago por ela, nem sequer me atrevo a mencionar. Seu talhe tinha sido igualmente executado segundo minhas próprias instruções caprichosas, porque eu era vaidoso e exibia mesmo um grau absurdo de ostentação, mostrando-me extremamente exigente nessas questões de natureza frívola. Quando então Mr. Preston estendeu-me aquela capa que havia apanhado do chão, próximo à porta do apartamento, percebi, com um calafrio que chegava às raias do terror, que minha própria capa já estava dobrada em meu braço (onde sem dúvida eu mesmo a colocara em minha perturbação) e que aquela que me apresentavam era exatamente igual, ponto por ponto, até mesmo nos detalhes mais minúsculos. Aquele ser singular, que me havia exposto de uma maneira tão desastrosa, estava envolto em uma capa ao entrar na sala; e segundo me lembrava, nenhum outro dos membros de nossa sociedade tinha usado indumentária igual, à exceção de mim mesmo. Conservando alguma presença de espírito, segurei a vestimenta que Preston me alcançava e coloquei-a, sem que ninguém percebesse, por cima da minha e saí do apartamento com uma expressão resoluta de desafio. Porém, na manhã seguinte, antes que surgisse a aurora, comecei uma viagem apressada de Oxford para o continente europeu, em uma perfeita agonia de horror e de vergonha.

Fugi em vão. Meu destino maligno perseguiu-me em triunfo exultante, demonstrando-me, sem dúvida, que seu misterioso domínio sobre mim estava apenas começando. Mal tinha posto o pé em Paris, evidenciou-se novamente o interesse detestável de Wilson sobre meus atos. Os anos voaram e não experimentei o menor alívio. Aquele vilão!... Em Roma, com que eficácia inoportuna e espectral ele se interpôs entre mim e minha ambição! E também em Viena... em Berlim... Até mesmo em Moscou! Em que lugar, neste vasto mundo, eu *não* encontrei uma causa para amaldiçoá-lo com todo o meu coração? Fugi de sua tirania inescrutável, cheio de pânico, como se pretendesse escapar da peste; fui até os confins da terra – *e tudo em vão!*

E novamente, e outra vez, em secreta comunhão com meu próprio espírito, eu proferia as questões: "Quem é ele? De onde veio? Qual é o seu objetivo?" Mas jamais encontrei nenhuma resposta. E agora eu sondava, com escrutínio minucioso, as formas, métodos e traços dominantes de sua impertinente supervisão. Mas mesmo aqui, havia muito pouco sobre que estabelecer uma conjectura. Era perceptível, sem dúvida, que em nenhuma das múltiplas instâncias em que havia ultimamente cruzado meu caminho, ele se havia aproximado por qualquer motivo que não fosse a frustração de meus esquemas ou a perturbação de ações que, se tivessem sido levadas até o fim, poderiam acarretar-me desgraças. Mas esta era uma justificação muito fraca, na verdade, para uma autoridade que havia assumido assim tão imperiosamente. Uma pobre indenização para meus direitos naturais de autodeterminação tão pertinaz e insultantemente negados!

Também tinha sido forçado a perceber que meu atormentador, através de um período de tempo muito longo, durante o qual escrupulosamente e com destreza miraculosa conseguira manter seu capricho de vestir-se sempre exatamente como eu, tinha agido de tal modo, na execução de suas numerosas interferências em meus desejos e expectativas, que eu não chegava a *ver*, em nenhum momento, os traços de seu rosto. Fosse Wilson o que fosse, *isto*, pelo menos, era apenas o cúmulo da afetação ou até mesmo da loucura. Poderia ele, por um instante, haver suposto que, naquele que me admoestara em Eton, no destruidor de minha honra em Oxford, naquele que frustrara minhas ambições em Roma, que impedira minha vingança em Paris, que até mesmo fizera fracassar meu amor apaixonado em Nápoles, ou que condenara o que falsamente denominou de minha avareza no Egito – que nesse meu arquiinimigo, meu gênio mau, eu deixasse de reconhecer aquele mesmo William Wilson dos dias de minha adolescência na escola, o tocaio, o companheiro, o rival – o rival odiado e temido na Academia do Dr. Bransby? Impossível! Mas basta, agora vou apressar-me a descrever o desenlace, a última e rica cena do drama.

Até este ponto eu vinha sucumbindo passivamente ao império de seu domínio. O sentimento de profunda admiração com o qual eu habitualmente considerava o caráter elevado, a sabedoria majestosa, as aparentes onipresença e onipotência de Wilson, acrescido de um sentimento de puro terror com que outros traços de sua natureza e de sua arrogância me inspiravam, tinham operado até então no sentido de impressionar-me com a idéia de minha completa e total fraqueza e inermidade perante ele e de sugerir-me uma submissão implícita, embora amargamente relutante, aos caprichos de sua vontade arbitrária. Mas, ultimamente, vinha me entregando por inteiro ao domínio da bebida: e sua influência enlouquecedora sobre meu mau gênio hereditário estava me tornando cada vez mais impaciente e difícil de controlar. Comecei a murmurar, a hesitar, a resistir. Seria apenas a fantasia que deste modo me induzia a acreditar que, com o aumento de minha própria firmeza, poderia perceber uma diminuição proporcional na pertinácia de meu carrasco? Seja como for, comecei a sentir a inspiração de uma esperança ardente e afinal nutri em meus pensamentos secretos uma resolução severa e desespe-

Como Evitar a Desilusão

A maioria das pessoas tem muitas e diferentes razões para estar desiludida. Mas existe uma maneira pela qual elas podem perder a desilusão e nunca mais tê-la.
Você quer saber como isso acontece? Então, leia o que vem escrito abaixo.

É isto o que Moisés diz: "A mensagem de Deus está perto de você, nos seus lábios e no seu coração", isto é, a mensagem de fé que anunciamos. Se você declarar com os seus lábios: "Jesus é Senhor" e no seu coração crer que Deus o ressuscitou, você será salvo. Porque cremos com o nosso coração e somos aceitos por Deus; declaramos com os nossos lábios e somos salvos. Porque as Escrituras Sagradas dizem: "Quem crer nele não ficará desiludido." Isso se refere a todos, pois não há diferença entre judeus e não-judeus. Deus é o mesmo Senhor de todos e abençoa muito todos os que pedem a sua ajuda. Como dizem as Escrituras Sagradas: "Aquele que pedir a ajuda do Senhor será salvo."

Carta do Apóstolo Paulo aos Romanos 10.8-13

Av. Ceci, 706 - CEP 06460-120 - Tamboré - Barueri - SP
SELEÇÕES BÍBLICAS ILUSTRADAS
Esta Seleção bíblica é parte das Escrituras Sagradas.
Tradução na Linguagem de hoje
TLH860 - 2005

rada de que iria rebelar-me, de que não mais me sujeitaria a ser escravizado.

Foi em Roma, durante o Carnaval do ano de 18..., que participei de um baile de máscaras no *palazzo* napolitano do duque Di Broglio. Tinha participado ainda mais livremente que de costume dos excessos da mesa de vinhos, e agora a atmosfera sufocante das salas apinhadas me irritava além do que podia suportar. Igualmente, a dificuldade de conseguir forçar minha passagem através do labirinto dos foliões contribuía bastante para exasperar minha disposição; pois nessa ocasião estava buscando ansiosamente (não mencionarei meus motivos indignos) a esposa jovem, alegre e linda do velho Di Broglio, que já estava meio caduco. Com uma confidência pouco escrupulosa, ela me havia previamente comunicado o segredo da fantasia que pretendia usar; e agora, que conseguira divisar ao longe sua pessoa, apressava-me para chegar perto dela. Foi nesse momento que senti a pressão suave de uma mão sobre meu ombro e escutei aquele *sussurro* sempre lembrado, aquele murmúrio baixo e detestável soando em meus ouvidos.

Tomado de um absoluto frenesi de cólera, voltei-me de imediato para aquele que me interrompera tão inesperadamente e agarrei-o com violência pelo colarinho. Estava vestido, exatamente como eu esperava, com uma fantasia perfeitamente igual à minha: usava um manto espanhol de veludo azul e trazia à cintura um cinto escarlate de que pendia um florete. Uma máscara de seda preta cobria-lhe inteiramente a face.

– Canalha! – gritei, em uma voz rouca de fúria; e cada sílaba que eu pronunciava parecia dar novo furor à minha cólera. – Patife! Impostor! Vilão maldito! Você não vai mais – *você não vai mais* me perseguir até a morte! Siga-me agora ou vou apunhalá-lo exatamente onde está!

Em minha raiva, consegui facilmente afastar a multidão que antes tanto me dificultava o passo, abandonei o salão de baile e entrei em uma pequena antecâmara que lhe ficava ao lado, arrastando-o comigo sem que ele resistisse.

No momento em que entrei, empurrei-o furiosamente para longe de mim. Cambaleou até bater em uma das paredes, enquanto eu fechava a porta, proferindo uma imprecação, e logo depois ordenava-lhe que sacasse a espada. Ele hesitou apenas por um instante; depois, com um leve suspiro, sacou o florete em silêncio e colocou-se em posição de defesa.

A luta foi bastante breve. Eu estava em um frenesi composto de todos os tipos da excitação mais selvagem e sentia em meu braço a energia e poder de uma multidão. Dentro de poucos segundos eu o obriguei à força bruta a encostar-se contra o revestimento da parede e então, sentindo que ele estava à minha mercê, cravei-lhe a espada repetidas vezes no peito, com a ferocidade mais animalesca.

Nesse instante, alguma pessoa tentou abrir a tramela da porta. Apressei-me em evitar uma intrusão e então voltei de imediato para meu antagonista moribundo. Mas que linguagem humana pode adequadamente descrever *aquele* espanto, *aquele* horror que me possuiu ao contemplar o espetáculo que então se apresentou? O breve momento em que desviara os olhos tinha sido suficiente para produzir, segundo me pareceu, uma mudança completa na disposição do lado mais distante da peça. Um grande espelho, ou pelo menos foi essa a impressão que tive a princípio, aprisionado na confusão que me dominava, erguia-se agora onde nenhum estivera antes; e, no momento em que caminhei em sua direção, sentindo um extremo terror, minha própria imagem, mas com feições extremamente pálidas e cobertas de sangue, avançou para encontrar-me com passo débil e vacilante.

Foi isso que me pareceu, mas de fato não era. Era meu antagonista – era Wilson, que agora se erguia diante de mim em sua agonia de morte. Sua máscara e seu manto estavam caídos onde os jogara sobre o assoalho. Não havia um único fio em seu vestuário, nem um só traço em todas as feições sulcadas e singulares de seu semblante que não fossem, com a identidade mais absoluta, *exatamente os meus*!

Era Wilson – mas ele não falava mais em um murmúrio – e eu podia imaginar que era minha própria voz que falava enquanto ele dizia:

– Você venceu e eu me rendo. Todavia, doravante você também estará morto – morto para o Mundo, morto para os Céus e morto para a Esperança! Era em mim que você existia – e, na minha morte, veja por esta imagem, que também é a sua, quão completamente você assassinou a si mesmo!

O RETRATO OVALADO

O castelo cujas portas meu valete decidiu-se a forçar, para não permitir que eu, terrivelmente ferido como me achava, passasse a noite ao relento, era um desses grandes amontoados de pedra que misturam o lúgubre e o senhoril, os quais por tantos séculos dominaram sobre os Montes Apeninos,[1] como se fossem rostos de cenho franzido, não menos na realidade que nas fantasias de Mrs. Radcliffe.[2] Aparentemente tinha sido abandonado há pouco tempo e em caráter temporário. Estabelecemo-nos em um dos apartamentos menores e menos suntuosamente mobiliados. Ficava em um dos torreões mais remotos do edifício. Sua decoração era rica, se bem que esfarrapada e mais velha do que antiga. Suas paredes estavam recobertas de tapeçarias e enfeitadas de troféus e armaduras numerosos e de todas as variedades que se podia imaginar, de mistura com um número fora do comum de quadros modernos de grande inspiração, montados em molduras enriquecidas por arabescos dourados. Nestas pinturas, que pendiam das paredes, não somente nos pontos de destaque, mas em todos os escani-

---

1. Cadeia montanhosa que corta a Itália, da Ligúria à Calábria, e se prolonga até a Sicília. (N. do T.)

2. Anne Ward Radcliffe, 1764-1823, escritora inglesa, autora de romances "góticos" de grande sucesso em seu tempo. (N. do T.)

nhos e nichos que a bizarra arquitetura do palácio tornava possíveis – justamente nestas pinturas, talvez por influência de meu incipiente delírio, fiquei profundamente interessado; assim mandei que Pedro (esse era o nome de meu valete) fechasse os pesados postigos do quarto, pois já era noite, acendesse os círios de um alto candelabro que se erguia junto à cabeceira de minha cama e abrisse de par em par as cortinas franjadas de veludo negro que protegiam o próprio leito. Desejei que tudo isso fosse feito para que, se eu não pudesse dormir, pelo menos pudesse alternar meu olhar na contemplação destes quadros e no exame de um pequeno volume que já se encontrava sobre o travesseiro no momento em que chegamos e que parecia conter a descrição e a história das obras de arte exibidas no castelo.

Li por um longo, longo tempo e contemplei os quadros em plena devoção e recolhimento. As horas transcorreram gloriosa e rapidamente, até que chegou a solene e profunda meia-noite. A posição do candelabro me desagradou e, estendendo o braço com uma certa dificuldade, porque não queria perturbar meu criado, que dormia pesadamente e deveria estar muito cansado, desloquei-o de modo a que os raios caíssem mais diretamente sobre o livrinho.

Mas a ação produziu um efeito totalmente inesperado. Os raios das numerosas velas (pois o candelabro tinha muitos braços) projetavam-se agora para dentro de um nicho da parede fronteira que até aquele momento tinha permanecido na profunda sombra produzida por uma das colunas da cama. Deste modo, passei a contemplar, destacado vividamente pela luz, um quadro que não havia percebido antes. Era o retrato de uma jovem justamente naquela idade em que a adolescência dá lugar à feminilidade. Olhei apressadamente para o quadro e então fechei os olhos. A princípio não ficou aparente nem para mim mesmo porque fizera aquilo. Mas enquanto minhas pálpebras permaneciam fechadas, minha mente examinou velozmente todas as razões possíveis para o que havia feito. Fora um movimento impulsivo, destinado exatamente a ganhar tempo para pensar, para garantir que minha visão não me tinha enganado, para acalmar e controlar minha fantasia até que pudesse lançar à pintura um olhar mais sóbrio e mais seguro. De fato, assim que se passaram alguns momentos, pus-me a observar fixa e penetrantemente a obra de arte.

Agora não podia e nem queria mais duvidar de que estava vendo perfeitamente, pois o primeiro clarão dos círios sobre a tela tinha aparentemente dissipado o estupor de pesadelo que estava tomando conta de todos os meus sentidos e me trouxera de volta para a vida real.

Como já relatei, era o rosto de uma jovem. Mostrava somente a cabeça e os ombros, e o todo fora executado naquele estilo que tecnicamente é chamado de vinheta, bastante semelhante ao estilo favorito de Sully,[3] adotado na representação de cabeças humanas. Os braços, o peito e até mesmo as pontas dos cabelos de um brilho irradiante escorriam imperceptivelmente para a vaga e profunda sombra que formava o fundo do óleo. A moldura era ovalada, ricamente dourada e trabalhada em filigrana no estilo mourisco. Considerada somente como obra de arte, nada podia ser mais admirável que a própria pintura. Mas não poderia ter sido a execução magistral do retrato, nem a beleza imortal da fisionomia que me haviam impressionado de maneira tão súbita e veemente. E menos ainda seria possível que minha imaginação, sacudida de sua modorra e devaneio, tivesse confundido a cabeça com a de uma pessoa viva. Vi ime-

3. Thomas Sully, 1783-1872, nascido na Inglaterra, mas considerado um pintor americano, paisagista e retratista. (N. do T.)

diatamente que as peculiaridades do desenho, da técnica de vinhetagem e da própria moldura que o circundava deveriam ter de imediato desfeito essa idéia; de fato, nem sequer permitiriam que minha imaginação exaltada se deixasse levar por esse tipo de encantamento. Refletindo seriamente sobre estas questões, permaneci, quase por uma hora, meio sentado e meio reclinado, com a visão voltada fixamente para a representação do rosto da jovem. Finalmente, satisfeito por haver encontrado o verdadeiro segredo daquele efeito, aconcheguei-me na cama. Tinha chegado à conclusão de que o feitiço ilusório da pintura era provocado pela expressão no rosto do modelo, que era absolutamente viva e real. Fora aquilo que primeiro me espantara, depois me confundira, subjugara e finalmente me assustara. Com um profundo respeito reverente, repus o candelabro em sua posição inicial. Agora que a causa de minha profunda agitação estava afastada de minha vista, busquei ansiosamente o volume que discutia os quadros existentes no castelo e suas respectivas histórias. Voltando as páginas até o número que designava o retrato ovalado, li as palavras estranhas e um tanto vagas que transcrevo a seguir:

"Ela era uma donzela da mais rara beleza, tão alegre quanto era linda. Maldita foi a hora em que ela conheceu, amou e desposou um pintor. Ele era apaixonado, estudioso, austero e sua verdadeira noiva era a Arte; ela, uma jovem de extrema formosura, tão adorável quanto cheia de jovialidade; cheia de luz e sorrisos, tão ágil como uma jovem corça; amando e acariciando todas as coisas; odiando apenas a Arte, em que cedo descobriu uma poderosa rival; detestando somente os pincéis, a paleta, as raspadeiras e outros instrumentos desajeitados que a privavam de contemplar o rosto de seu amado. Uma coisa terrível se passou: pensando em conciliar seus dois amores, o pintor mencionou seu de-

sejo de retratar o semblante da moça. Esta era humilde e cordata e posou obedientemente, por muitas semanas, no aposento escuro e elevado que se localizava no alto de um dos torreões deste castelo, onde toda a luz provinha de uma clarabóia que iluminava diretamente a pálida tela. Porém ele, o pintor, só tinha olhos para a glória do retrato e prendia-se a ele de hora em hora, dia após dia, esquecendo-se do modelo. Como era um homem agrilhoado a uma vasta paixão, cheio de sentimentos selvagens e tumultuosos, perdeu-se nos devaneios da criação a um ponto em que não pôde e nem mesmo quis perceber que a luz, ao tombar tão sinistramente naquele torreão solitário, extenuava o espírito e enfraquecia a saúde de sua esposa, que murchava de uma forma visível para todos, salvo ele próprio. Todavia, ela continuava sorrindo todo o tempo, sem que a menor queixa brotasse de seus lábios, porque a pose assim o exigia; mas principalmente porque ela via que o pintor (que gozava de grande reputação) sentia um prazer doido e ardente em sua tarefa e absorvia-se dia e noite a fim de captar a beleza daquela que tanto o amava, mas que a cada dia se tornava mais lânguida e fraca. Sem a menor dúvida, aqueles que contemplavam o retrato inacabado falavam da semelhança em tons respeitosos, como se fosse uma espantosa maravilha, uma prova não tanto do poder técnico do pintor como de seu profundo amor por aquela que captava tão perfeitamente bem. Porém, finalmente, à medida que o labor se aproximava de sua conclusão, a ninguém mais foi permitida a entrada no torreão, pois o pintor estava enlouquecido pelo ardor de sua obra e raramente tirava os olhos da tela, mesmo para olhar a fisionomia de sua esposa. E ele não queria ver que as cores que espalhava sobre o quadro eram retiradas das faces daquela que se assentava a seu lado. Após a passagem de muitas semanas, *quando muito pouco restava a fazer, salvo uma pincelada na boca e um retoque em um dos olhos, o espírito da dama novamente palpitou como a chama junto ao castiçal e prestes a extinguir-se. E então foi dada a pincelada e o derradeiro toque de sombra colocado no lugar devido; por um momento, o pintor permaneceu em seu transe contemplando a obra que havia terminado; mas, no instante seguinte, enquanto ainda fitava a reprodução do rosto de sua esposa, percebeu um tremor e uma súbita palidez percorrerem-lhe a face e, num misto de terror e êxtase, proclamou em alta voz: 'Esta é a Vida! Sem dúvida é a própria vida que aprisionei na tela!'– e, ao voltar-se subitamente para contemplar sua amada –* Eis que ela está morta!"

A MÁSCARA DA MORTE RUBRA

Há longo tempo a "Morte Rubra" devastava o país. Jamais outra praga tinha sido tão fatal ou tão horrenda. O sangue era sua encarnação e o sinal de sua presença – a vermelhidão e o horror do sangue. A vítima sentia dores agudas, uma tontura súbita, depois sangramento profuso por todos os poros e logo se seguia a decomposição. Manchas escarlates sobre o corpo e especialmente no rosto do infeliz confirmavam o selo da peste sobre ele; e esse carimbo de imediato o afastava de toda ajuda e até mesmo da simpatia de seus compatriotas. O aspecto mais terrível era que, desde o ataque inicial, o progresso e o término da enfermidade sobrevinham em meia hora.

Mas o Príncipe Próspero era feliz, destemido e sagaz. Ao perceber que seus domínios já haviam perdido a metade da população, chamou à sua presença um milhar de seus amigos saudáveis e joviais, escolhidos entre os cavaleiros e as damas de sua corte, e com estes retirou-se para a segurança e reclusão total de uma de suas abadias fortificadas. Esta estrutura era extensa e magnífica e sua arquitetura fora criação do próprio Príncipe, cujo gosto era extravagante, mas majestoso. Era cercada por uma muralha alta e forte. Os portões eram de ferro maciço. Os cortesãos, após se terem reunido no interior da vasta construção, trouxeram fornalhas portáteis e pesados malhos e soldaram as trancas e os rebites. Era sua resolução não permitir nenhuma forma de entrada ou de saída para aqueles que, em um impulso súbito de frenesi ou desespero, quisessem deixar o recinto. A abadia tinha sido aprovisionada com extrema abundância. Com todas essas precauções, o Príncipe e os cortesãos acreditavam ser possível desafiar o contágio. O mundo exterior que cuidasse de si mesmo. Enquanto isso, era tolice lamentar os mortos ou até mesmo pensar neles. O Príncipe tinha fornecido todos os meios para o gozo de múltiplos prazeres. Havia bufões, atores, bailarinos e músicos; havia Beleza e havia vinho. Dentro estava tudo isso; dentro havia segurança. Fora estava a "Morte Rubra".

Já no final do quinto ou sexto mês de sua reclusão, quando a pestilência rugia mais furiosamente por todos os recantos do país, o Príncipe Próspero decidiu entreter seus mil amigos em um baile de máscaras de magnificência ainda maior que a usual.

A mascarada foi um cenário de grande prazer e voluptuosidade. Mas primeiro descreverei os salões em que foi realizada. No total havia sete salões de suntuosidade imperial. Na maior parte dos palácios, estes conjuntos de aposentos são construídos em linha reta, de tal modo que da porta principal se tem uma visão longa e ininterrupta, e as portaladas corrediças deslizam quase até as paredes laterais à direita e à esquerda. Os participantes podem enxergar o recinto de ponta a ponta quase sem a menor interrupção. Porém aqui a disposição era muito diferente, como se poderia esperar do amor do governante pelo bizarro. Os salões tinham sido construídos de uma forma tão irregular que o olhar somente conseguia divisar um deles de cada vez. Havia uma curva fechada a cada vinte ou trinta metros; e no momento em que esta era transposta, surgia um efeito totalmente novo. De ambos os lados, à direita e à esquerda, no meio de cada parede externa, uma janela gótica alta e estreita dava para um corredor fechado que acompanhava todas as curvas do conjunto. As vidraças destas janelas eram recobertas por vitrais cuja cor variava de acordo com a nuance dominante na decoração da câmara para a qual se abriam. A da extremidade oriental, por exemplo, era decorada por tapeçarias azuis – e de um azul vívido eram suas ogivas. O segundo salão apresentava ornamentos e cortinados purpúreos; e aqui as vidraças eram de um púrpura arroxeado. O terceiro era inteiramente verde e do mesmo modo os vitrais. O quarto era mobiliado e enfeitado de laranja; o quinto, de branco, o sexto, de roxo e violeta. O sétimo compartimento era totalmente amortalhado por pálios de veludo negro que não somente pendiam das paredes, como recobriam-lhe todo o teto e tombavam em dobras pesadas sobre um tapete do mesmo material e da mesma cor. Era somente nesta câmara que a tonalidade das janelas não correspondia à das decorações. Nos vitrais desta sala predominava o escarlate, ou antes, um tom profundo de vermelho-sangue. Uma estranha peculiaridade era a de que em nenhuma das sete divisões do conjunto havia qualquer lâmpada ou candelabro, entre a profusão de ornamentos de ouro que estava disposta por todos os cantos dos aposentos ou até mesmo pendia dos forros. Não havia luz de qualquer tipo, quer emanando de vela, seja brotando de lamparina, em qualquer dos salões. Mas nos corredores que cercavam a suíte fora colocada, por trás de cada janela ogival, uma pesada trípode suportando braseiros de fogo que projetavam seus raios através dos vidros coloridos e deste modo iluminavam deslumbrantemente as diversas divisões. Deste modo eram criados numerosos efeitos vistosos e fantásticos. Porém na câmara negra, que ficava mais a ocidente, o efeito provocado pela luz do fogo que se lançava contra os panejamentos escuros através das vidraças cor de sangue era profundamente macabro e criava uma expressão tão sinistra nas fisionomias daqueles que ali entravam que quase todos se retiravam imediatamente, e somente os mais ousados da companhia se dispunham a permanecer naquela divisão.

Era também neste aposento que se erguia contra a parede ocidental um relógio de pêndulo, gigantesco e talhado em ébano. Esse pêndulo balançava para a direita e para a esquerda com um clangor pesado, monótono e surdo; e todas as vezes em que o ponteiro dos minutos fazia o circuito do mostrador e a hora estava a ponto de soar, os pulmões de bronze do relógio produziam um som claro, alto e profundo, extremamente musical, porém com uma ênfase e timbre tão peculiares que, cada vez que uma hora transcorria, os músicos da orquestra sentiam-se constrangidos a fazer uma pausa momentânea e escutar o ruído; e deste modo, aqueles que valsavam eram forçados a suspender temporariamente suas evoluções e uma breve perturbação perpassava toda a assembléia e interrompia-lhes as manifestações de alegria; e enquanto o carrilhão do relógio prosseguia em seu toque, observava-se que até mesmo os mais exuberantes empalideciam, enquanto os mais velhos e mais contidos passavam as mãos pelas testas e cobriam os olhos como se estivessem em um momento de meditação ou em um devaneio confuso. Mas no momento em que os ecos cessavam por completo, um riso leve novamente se difundia entre os dançarinos; os músicos olhavam uns para os outros e sorriam ironicamente de sua tolice ou nervosismo e prometiam uns aos outros que o próximo soar do relógio não despertaria neles emoção semelhante; só que, após um lapso de sessenta minutos (que abraçam três mil e seiscentos segundos do Tempo que voa tão velozmente), novamente o carrilhão se manifestava e havia o mesmo desconcerto e os mesmos tremores e a mesma meditação contida.

Porém, a despeito destas coisas, o baile era alegre e magnífico. O Príncipe tinha gostos um tanto exóticos, mas um olhar muito acurado para cores e efeitos. Desprezava os ornamentos que se encontravam na moda. Seus projetos eram ousados e ardentes e suas concepções brilhavam com esplendor barbárico. De fato, poderia haver alguns que até mesmo o julgassem desequilibrado. Mas a multidão jovial de seus seguidores não pensava assim. Todavia, era necessário escutá-lo e vê-lo e até mesmo tocá-lo pessoalmente para ter *certeza* de que ele não era mais que um pouco excêntrico.

Em grande parte, fora ele que dirigira pessoalmente o mutável embelezamento das sete câmaras, especialmente para o cenário desta grande festa; e fora a orientação de seu próprio gosto que tinha determinado as fantasias que cada mascarado deveria usar. Certamente eram grotescas. Havia muito brilho, purpurina, esplendor, detalhes berrantes e fantasmagóricos – semelhantes àqueles que depois foram vistos nas montagens de *Hernani*.[1] Havia formas de inspiração arábica, com membros e adornos desproporcionados. Havia concepções delirantes, que pareciam realmente ter saído da prancheta de um louco. Muita coisa era linda, muita era ousada, muita era bizarra, algumas eram terríveis e outras chegavam ao ponto de causar aversão e desgosto. Por todos os recantos dos sete magníficos salões o que passeava, de fato, era uma multidão de sonhos. E estes sonhos retor-

1. Drama de Victor Hugo. Sua primeira apresentação foi no Théâtre-Français, a 25 de fevereiro de 1830, ocasionando uma verdadeira batalha nas galerias entre os partidários do classicismo e os do romantismo. Com o título italianizado de *Ernani*, transformou-se em ópera, com libreto de Piave e música de Verdi, estreada em 1844. (N. do T.)

ciam-se para cá e para lá, entravam e saíam dos salões, mudando de coloração enquanto se moviam, com um barulho tão ensurdecedor que a música violenta da orquestra parecia somente o eco de seus passos. E novamente bate o relógio de ébano erguido no salão de veludo. E então, por um momento, todo o movimento se interrompe e tudo permanece em silêncio, salvo a voz do relógio. Os sonhos parecem congelados onde se encontram. Mas logo morrem os ecos do carrilhão – soaram tão só por um instante –, e um riso leve e contido flutua atrás deles assim que partem. E novamente a música cresce e os sonhos vivem e se movem ainda mais delirantemente que antes, coloridos pelas múltiplas tonalidades dos janelões, através dos quais jorram os clarões ígneos das trípodes. Porém agora, no salão que fica mais para o ocidente dentre todos os sete, nenhum dos foliões se aventura: porque a noite está avançando e a luz que flui através das vidraças cor de sangue parece ainda mais vermelha; e o negror das cortinas pretas assombra; e se alguém se atreve a pôr o pé no tapete tenebroso, surge do relógio de ébano que agora está tão próximo um tique-taque abafado, mais solenemente enfático do que aquele que atinge os ouvidos dos bailarinos que se entregam ao balanço extravagante nas galerias mais remotas dos outros compartimentos.

Todavia, os outros aposentos estavam densamente apinhados e batia neles febrilmente o coração da vida. E a folia continuava em torvelinho, até que finalmente começaram a soar as doze badaladas da meia-noite no relógio de ébano. E então a música cessou, como cessara das outras vezes; e as evoluções dos passistas se interromperam; e uma inquietude suspendeu todo o movimento, do mesmo modo que antes. Desta vez, entretanto, havia doze pancadas a serem dadas pelos sinos do relógio; deste modo transcorreu um período mais longo de tempo, em que pensamentos tétricos se arrastaram para o foco da atenção daqueles entre os fantasiados que paravam para meditar. E foi assim também que aconteceu, talvez antes que os derradeiros ecos do último toque tivessem completamente desaparecido no silêncio, que muitos indivíduos na multidão tiveram tempo para perceber a presença de uma criatura mascarada que não havia atraído antes a atenção de ninguém. E o rumor desta nova presença se espalhou aos murmúrios, até que uma espécie de zumbido ergueu-se da turba, um sussurro expressivo de desaprovação e surpresa, transformando-se enfim em medo, horror e náusea.

Em uma assembléia de fantasmas tais quais os descritos acima, pode-se perfeitamente supor que nenhuma aparição comum pudesse despertar tal sensação. Na verdade, a permissividade de caracterização daquela noite era praticamente ilimitada; porém o vulto em questão excedia o próprio Herodes[2] em extravagância e malignidade e tinha ultrapassado até mesmo os limites do decoro indefinido do Príncipe. Existem acordes nos corações dos mais levianos que não podem ser tocados sem lhes despertar emoção. Mesmo os inteiramente perdidos, para quem a vida e morte são idênticos brinquedos, têm certos tabus que não podem ser quebrados por zombarias. Sem dúvida, a turba inteira parecia agora sentir profundamente que na fantasia e no porte do estranho não existia graça nem elegância. A criatura era alta e esquálida, amortalhada da cabeça aos pés pelos panejamentos que costumam ser levados à tumba. A máscara que lhe escondia a fisionomia tinha sido confeccionada

---

2. Referência a Herodes I, o Grande, 73-04 a. C., rei da Judéia (como preposto dos romanos) de 40 a 04 a. C., famoso por seu luxo e sua extravagância, aliados a assomos de crueldade, dentre os quais o mais conhecido é a bíblica Matança dos Inocentes. (N. do T.)

de modo a lembrar, em seus menores detalhes, o rosto de um cadáver endurecido, a tal ponto que o mais sério escrutínio acharia difícil apontar a diferença entre aquela figura e um verdadeiro habitante do túmulo. Tudo isto poderia ser suportado e até mesmo aprovado pelos doidos foliões que se acotovelavam ao redor. Mas o mascarado tinha levado o mau gosto ao ponto de imitar detalhadamente os sintomas externos da Morte Rubra. Sua vestimenta estava manchada de *sangue*; e sua testa larga, juntamente com todos os traços de seu rosto, estava coberta pelas assustadoras manchas que caracterizavam o horror escarlate.

Quando os olhos do Príncipe Próspero caíram sobre este espectro (o qual, com movimentos lentos e solenes passava de grupo a grupo entre os dançarinos, como se quisesse salientar ainda mais o seu papel), imediatamente foi tomado de convulsões, com fortes tremores provocados pelo medo ou pelo nojo; mas, no instante seguinte, sua testa ficou encarnada de cólera.

– Quem ousa? – indagou roucamente dos cortesãos que o rodeavam. – Quem ousa insultar-nos com esta farsa sacrílega? Agarrem-no agora e tirem-lhe a máscara – para que saibamos a quem vamos enforcar nas muralhas amanhã pela manhã!

Quando o Príncipe Próspero pronunciou estas palavras, achava-se na câmara azul, que era a mais oriental. Mas sua voz ressoou clara e estentoriamente através dos sete salões, porque o Príncipe era um homem ousado e robusto e a música tinha parado no mesmo instante, a um aceno de sua mão.

O Príncipe, como dissemos, se encontrava no salão azul, com um grupo de cortesãos pálidos a seu lado. Assim que ele falou, houve um leve movimento de investida deste grupo em direção ao estranho, que se encontrava bastante próximo; mas então, com passo deliberado e majestoso, ele se aproximou mais ainda do orador. E devido a um espanto e terror sem nome despertado no coração de todos pela assombrosa fantasia adotada pelo farsante, nenhum dentre eles ousou estender a mão para capturá-lo. Desse modo, sem que ninguém o impedisse, ele chegou a um metro do Príncipe, passou por ele sem lhe dar maior atenção e prosseguiu seu caminho ininterruptamente, com o mesmo passo medido e ponderado que adotara desde o princípio, enquanto a massa compacta dos convidados, como se movida por um único impulso, fugia do centro dos salões e se comprimia contra as paredes e o visitante indesejado atravessava o quarto azul e entrava no purpurino, cruzava este até o verde, passava pelo verde até o laranja, transpunha este até o salão branco e ingressava no aposento roxo, sem que qualquer movimento decidido tivesse sido feito para interromper-lhe a passagem. Foi nesse momento, entretanto, que o Príncipe Próspero, enlouquecido pela raiva e pelo opróbrio de sua própria e momentânea covardia, correu velozmente pelas seis câmaras, ainda que ninguém o seguisse, pois um terror mortal se havia apoderado de todos. Ergueu bem alto uma adaga desembainhada e aproximou-se impetuosamente, até chegar a menos de um metro da figura que se afastava, momento em que esta, tendo atingido a extremidade do salão de veludo negro, voltou-se subitamente e confrontou seu perseguidor. Ouviu-se um grito agudo – e a adaga caiu reluzindo sobre o tapete negro, seguida, no momento seguinte, pelo corpo do Príncipe Próspero, fulminado pela morte. Então, e só então, reunindo a coragem selvagem do desespero, uma massa alucinada lançou-se para o compartimento negro; agarraram o ator, cuja figura alta permanecia ereta e imóvel à sombra do relógio de ébano e arfaram em um terror inexprimível ao perceberem que a mortalha funérea e a máscara mortuária de que se haviam apoderado com rudeza tão violenta não envolviam nenhuma forma tangível.

Foi então reconhecida a presença da Morte Rubra. Ela tinha chegado como um ladrão à noite. E um por um caíram os dançarinos nos salões cobertos de sangue em que se haviam alegrado e cada um deles morreu na mesma postura desesperada em que havia tombado. E quando o último da alegre companhia soltou o derradeiro suspiro, a vida do relógio de ébano também se extinguiu. E as chamas das trípodes foram se apagando uma a uma. A Escuridão, a Decomposição e a Morte Rubra assumiram domínio incontestável sobre toda a abadia.

O BARRIL DE AMONTILLADO

Eu sempre suportara os mil insultos de Fortunato o melhor que podia, mas quando começou com ofensas, jurei vingança. Vocês, que tão bem conhecem a natureza de minha alma, não irão supor, no entanto, que eu tenha proferido qualquer ameaça. Eu teria minha vingança, mas *a longo prazo;* esta era uma decisão definitivamente estabelecida dentro de meu espírito – porém a própria firmeza com que tinha sido tomada afastava a idéia de assumir qualquer risco. Eu não somente devia punir, mas punir com impunidade. Um insulto não é vingado quando alguma espécie de castigo recai sobre aquele que se vinga. Tampouco é vingado quando o vingador não se dá a conhecer como tal àquele que lhe fez mal.

Deve ficar bem claro que, nem através de palavras, nem através de ações, eu dera a Fortunato a menor razão para duvidar de minha boa vontade. Eu continuava, como era meu costume, a fitá-lo sorrindo; e ele não percebia que agora meu sorriso era provocado pelo pensamento de sua imolação.

Ele tinha um ponto fraco – este Fortunato –, embora em outros aspectos fosse um homem a ser respeitado e mesmo temido. Ele se vangloriava de seu conhecimento de vinhos. Poucos italianos realmente adquirem a virtuosidade. Na maior parte dos casos, seu entusiasmo é adotado para adequar-se à ocasião e à oportunidade, a fim de praticar suas imposturas sobre os *millionaires* britânicos e austríacos. Com relação à pintura e às pedras preciosas, Fortunato, como seus compatriotas, era um charlatão, mas a respeito de vinhos velhos era sincero. Neste ponto, eu não diferia muito dele – tinha grande habilidade para distinguir entre as safras italianas e comprava os melhores vinhos em grande quantidade, sempre que podia.

Foi na hora do crepúsculo, em um entardecer durante a suprema loucura da estação carnavalesca, que eu encontrei meu amigo. Ele se aproximou de mim com um excesso de cordialidade, pois tinha bebido bastante. O homem estava vestido como um arlequim. Usava uma malha justa, parcialmente listrada, enquanto sua cabeça era coroada pelo barrete cônico enfeitado de guizos. Fiquei tão satisfeito ao encontrá-lo que pensei que não conseguiria parar de apertar-lhe a mão.

Falei imediatamente:

– Meu caro Fortunato, que sorte tive em encontrá-lo! E que aspecto excelente você tem hoje! Acabei de receber um barril de um certo vinho que me garantiram ser amontillado e eu tenho minhas dúvidas.

– Como? – exclamou ele. – Amontillado? Um barril? Impossível! Ainda mais no meio do carnaval!

– Eu tenho minhas dúvidas, já lhe disse – repliquei. – Mas fui tolo o bastante para pagar o preço correspondente ao valor do amontillado, sem tomar a precaução de consultá-lo primeiro. Não consegui encontrá-lo e fiquei com medo de perder uma pechincha.

– Amontillado...!

– Tenho minhas dúvidas.

– Amontillado!

– Preciso saber com certeza.

– Amontillado!...

– Mas como você está ocupado, eu vou até a casa

de Luchresi. Se existe um bom conhecedor de vinhos, é ele. Ele me dirá se...

– Luchresi não sabe a diferença entre um amontillado e um xerez![1]

– Pois é. Mas existem alguns tolos que afirmam que o paladar dele é tão bom quanto o seu.

– Vamos de uma vez!

– Para onde?

– Para sua adega, ora!

– Não, meu amigo. Não vou me aproveitar de sua boa vontade. Posso perfeitamente notar que você tem um compromisso. Luchresi...

– Não tenho compromisso nenhum, vamos logo!

– Não, meu amigo. Não é apenas o compromisso, mas percebo que você está mostrando os sintomas de um severo resfriado. A adega é insuportavelmente úmida. Está cheia de salitre.

– Vamos de qualquer maneira. Meu resfriado não é nada. Amontillado! Acho que alguém lhe passou a perna. E quanto a Luchresi, ele não consegue distinguir xerez de amontillado!...

Enquanto falava, Fortunato agarrou-me pelo braço. Deste modo, colocando uma máscara de seda preta e vestindo um *roquelaure*[2] que ocultava totalmente meu

---

1. O xerez (jerez em espanhol, sherry em inglês) é um vinho produzido na fronteira entre Portugal e Espanha, encorpado e com sabor de nozes, por ser originalmente conservado em barris de nogueira, produzido desde 1597. O amontillado (ou amontilhado) é um xerez meio-seco, originário de Montilla, na Andaluzia, e popularizado a partir de 1825. (N. do T.)

2. Manto negro chegando até os joelhos, popular nos séculos XVIII e XIX, usado como abrigo de viagem e depois como traje carnavalesco. Introduzido por Antoine-Gaston-Jean-Baptiste, Duque de Roquelaure, 1656-1738. Distingue-se do *dominó*, mais conhecido, porque este chegava até os pés, mas no Brasil também recebeu este nome. (N. do T.)

corpo, permiti-lhe que me conduzisse apressadamente para meu *palazzo*.

Não encontramos nenhum criado em minha mansão; todos haviam fugido para divertir-se em comemoração à ocasião. Eu lhes havia dito que não retornaria até a manhã seguinte, mas dera ordens explícitas para que não saíssem de casa. Estas ordens eram suficientes, eu sabia muito bem, para garantir a imediata desobediência de todos, assim que eu virasse as costas.

Retirei dois archotes dos suportes da parede e, entregando um deles a Fortunato, conduzi-o cortesmente através de diversos conjuntos de salões, até o grande arco que levava às adegas. Desci por uma longa escadaria em caracol, recomendando-lhe que tivesse todo o cuidado ao pisar nos degraus, enquanto me seguia. Chegamos enfim ao final da descida e paramos lado a lado sobre o pavimento úmido das catacumbas dos Montresors.

O passo de meu amigo era vacilante, e os guizos de seu capuz tilintavam enquanto ele andava.

– O barril – disse ele.

– Fica lá adiante – disse eu. – Mas cuidado com essas teias brancas que brilham nas paredes da caverna.

Ele virou-se para mim, fitou meus olhos com duas órbitas enevoadas que destilavam de intoxicação.

– Salitre? – indagou, após uma pausa.

– Salitre – repliquei. – Há quanto tempo você está com essa tosse?

– Coff! Coff! Coff! – Coff! Coff! Coff! – Coff! Coff! Coff! – Coff! Coff! Coff! – Coff! Coff! Coff!

Foi impossível a meu pobre amigo responder durante muitos minutos.

– Não é nada... – disse ele, finalmente.

– Vamos – falei, em um tom de voz decidido. – Vamos voltar. Sua saúde é preciosa para mim. Você é um homem rico, respeitado, admirado e amado; é feliz, como eu já fui um dia. É um homem de quem as pessoas sentiriam falta. Quanto a mim, isto não é um problema. Vamos voltar, você pode adoecer, e eu não posso ser responsável. Além disso, sempre posso ir falar com Luchresi...

– Pare com isso – falou. – Essa tosse não é nada. Não vai me matar. Não vou morrer de uma simples tosse.

– É verdade, é verdade... – repliquei. – Realmente, não tinha a intenção de alarmá-lo sem necessidade. Mas isso não impede que você seja cuidadoso. Um gole deste Médoc[3] vai nos proteger contra essa umidade toda.

Quebrei o gargalo de uma garrafa que retirei de uma longa fila de recipientes iguais, que descansavam no mofo.

– Beba – disse eu, apresentando-lhe o vinho.

Ergueu a garrafa até os lábios, com um sorriso contrafeito. Fez uma pausa e balançou a cabeça, em um gesto de familiaridade, enquanto seus guizos tilintavam.

– Eu bebo... – disse ele – bebo em honra dos mortos que repousam ao nosso redor.

– E eu bebo em sua honra, para que tenha uma longa vida.

De novo, agarrou-me pelo braço, e continuamos nosso caminho.

– Estas adegas – disse ele – são imensas.

– Os Montresors – respondi – foram uma família imponente e numerosa.

– Esqueci qual é o seu brasão.

– Um imenso pé humano em ouro sobre um campo blau[4]; o pé esmaga uma serpente rampante, cujas presas estão cravadas em seu calcanhar.

---

3. Médoc: vinho produzido na região francesa de mesmo nome, próxima a Bordeaux. (N. do T.)

4. Blau: termo específico da heráldica para designar a cor azul. (N. do T.)

– E o dístico, o lema da família?

– *Nemo me impune lacessit.*[5]

– Muito bom! – exclamou ele.

O vinho fazia o seu olhar brilhar, e os guizos tilintavam. Minha própria fantasia aqueceu-se com o Médoc. Havíamos passado por longas paredes de esqueletos empilhados, entremeadas por barris e pipas de vinho, em direção aos recessos mais interiores das catacumbas. Fiz uma nova pausa e, desta vez, atrevi-me a segurar o braço de Fortunato, um pouco acima do cotovelo.

– O salitre! – exclamei. – Veja, cada vez aparece mais. Pendura-se ao redor das adegas como se fosse musgo. Estamos abaixo do leito do rio. As gotas de umidade insinuam-se por entre os ossos. Venha, vamos voltar antes que seja tarde demais. Sua tosse...

– Não é nada! – protestou ele. – Vamos prosseguir. Mas primeiro, outro gole de Médoc.

Quebrei o gargalo e alcancei-lhe um frasco de De Grâve[6]. Esvaziou a garrafa inteira quase de um só gole. Seu olhos brilhavam com uma luz feroz. Ele riu e jogou a garrafa vazia para cima, fazendo uns gestos que eu não compreendi.

Olhei para ele surpreso. Ele repetiu os movimentos – uma gesticulação realmente grotesca.

– Você não compreende? – quis saber.

– Realmente não – respondi.

– Então você não pertence à irmandade.

– Como?

– Você não faz parte da maçonaria.

---

5. "Ninguém me dilacera impunemente" (ninguém me ofende sem castigo). Em latim no original. Lema nacional da Escócia. (N. do T.)

6. Vinho tinto, produzido na região do Brabante, na Bélgica, próximo ao rio Meuse. (N. do T.)

– Sim, sim – falei eu. – Faço, sim.

– Você? Impossível! Um maçom?

– Um maçom – insisti.

– Um sinal – pediu ele. – Faça-me um sinal.

– Aqui – respondi, retirando de sob as dobras de minha *roquelaure* uma colher de pedreiro[7].

– Está gracejando comigo – ele exclamou, recuando alguns passos. – Vamos ver o tal de amontillado.

– Naturalmente – concordei, recolocando a ferramenta sob o manto e oferecendo-lhe novamente o braço. Desta vez, ele se apoiou pesadamente em mim. Continuamos nosso caminho em busca do amontillado. Passamos por uma série de arcos baixos, descemos, caminhamos mais um pouco, descemos novamente, até chegar a uma cripta profunda, cujo ar viciado reduzia a chama de nossas tochas a pouco mais que carvões reluzentes.

No ponta mais remota daquela cripta, abria-se uma segunda câmara, bem menos espaçosa. Suas paredes estavam recobertas de restos humanos, empilhados até chegar à abóbada, da mesma forma que nas grandes catacumbas de Paris. Três lados desta cripta interior ainda estavam ornamentados desta maneira. Porém do quarto lado, os ossos tinham sido removidos e jogados ao solo, jazendo promiscuamente sobre o pavimento, formando em determinado ponto um amontoado de tamanho considerável. Dentro da parede exposta pela retirada dos ossos, percebemos uma cripta ou um recesso ainda mais profundo, com cerca de um metro e vinte de profundidade, quase um metro de largura e mais ou menos dois metros de altura. Parecia não ter sido construído com nenhum propósito especial, formando apenas o intervalo entre dois dos colossais pilares que sustentavam a abóbada das catacumbas, ter-

---

7. Um trocadilho, pois *maçon* em francês significa pedreiro. (N. do T.)

minando em uma das paredes de granito sólido que circunscreviam toda a edificação.

Foi em vão que Fortunato, erguendo seu archote quase apagado, tentou identificar o que se encontrava no fundo da cripta. A débil luz não nos permitia avistar a parede dos fundos.

– Entre – disse eu. – Aí dentro está o barril de amontillado. E quanto a Luchresi...

– Ele é um ignorante – interrompeu meu amigo, enquanto avançava tropegamente, comigo junto a seus calcanhares. Em um instante, ele tinha atingido a extremidade final do recesso e, ao perceber que seu avanço era interrompido pela pedra, parou, estupidamente confuso. No momento seguinte, eu já o havia acorrentado ao granito. Dois aros de ferro estavam soldados ali desde há muito tempo, a cerca de sessenta centímetros um do outro e dispostos horizontalmente. De um destes pendia uma corrente curta e resistente, e, no outro, havia um cadeado aberto. Lançando os elos em torno de sua cintura, agrilhoá-lo foi uma questão de segundos. Ele estava surpreso demais para tentar resistir. Trazendo comigo a chave, retirei-me para fora do nicho.

– Esfregue a mão ao longo da parede – sugeri –. Você vai sentir perfeitamente o salitre. Sem a menor dúvida, é um lugarzinho *muito* úmido. Deixe-me *implorar-lhe* uma vez mais para retornarmos. Não? Bem, então realmente terei de deixá-lo. Mas primeiro vou prestar-lhe todos os pequenos cuidados que estiverem a meu alcance.

– E o amontillado? – exclamou meu amigo, ainda não refeito de seu assombro.

– É verdade – respondi. – O amontillado...

Enquanto eu proferia estas palavras, procurei a pilha de ossos que mencionei anteriormente. Jogando-os para os lados, logo destapei uma pilha de pedra de cantaria e uma certa quantidade de argamassa. Com estes materiais e com a ajuda da minha colher de pedreiro, pus-me vigorosamente a emparedar a entrada do recesso.

Mal havia deitado a primeira camada de pedras, quando percebi que a embriaguez de Fortunato havia em grande parte se dissipado. A primeira indicação deste fato foi escutar um som baixo, como um gemido prolongado, que vinha do fundo da cripta. *Não era* o grito de um bêbado. Seguiu-se um longo e obstinado silêncio. Sentei a segunda camada de pedras, a terceira, a quarta; e então escutei a vibração furiosa dos grilhões. O ruído perdurou por vários minutos, durante os quais, para que pudesse escutá-lo com maior satisfação, cessei o meu trabalho e sentei-me sobre a pilha de ossos. Quando, finalmente, o tinido parou, retomei a colher de pedreiro e acabei sem interrupção a quinta, sexta e sétima fileiras. A nova parede estava agora mais ou menos na altura do meu peito. Parei de novo e, segurando o archote acima da recente construção, lancei uns fracos raios sobre a figura que lá se achava.

Uma sucessão de gritos altos e agudos explodiu subitamente da garganta da criatura encadeada e lançou-me violentamente para trás. Por um breve momento, hesitei, tremi. Desembainhando meu florete, comecei a vasculhar o interior do nicho com ele; mas um pensamento instantâneo restaurou minha confiança. Coloquei a palma da mão sobre a rocha sólida que formava as paredes das catacumbas e fiquei satisfeito. Aproximei-me de novo da nova parede. Respondi os gritos daquele que lá clamava. Ecoei, ajudei, ultrapassei-os em volume e em vigor. Fiz isto, e o prisioneiro aquietou-se.

Já era meia-noite, e minha tarefa se aproximava do fim. Eu havia completado a oitava, a nona e a décima camadas. Havia já concluído uma parte da décima-primeira e última camada: faltava somente uma única pedra a ser encaixada e cimentada. Lutei contra seu peso; coloquei-a parcialmente na posição a que se destinava. Mas nesse momento brotou do nicho um riso baixinho que arrepiou os meus cabelos. Foi sucedido por uma voz triste, que tive dificuldade de reconhecer como sendo a do nobre Fortunato. A voz dizia:

– Há! Há! Há! Hô! Hô! Hô! Foi uma magnífica brincadeira! Uma piada excelente, sem a menor dúvida! Ainda vamos dar muitas gargalhadas por causa dela no seu *palazzo* – Hô! Hô! Hô! – enquanto esvaziamos nossas taças de vinho!... Há! Há! Há!

– O amontillado... – disse eu.

– Hê! Hê! Hê! – Hô! Hô! Hô! – sim, o amontillado. Mas já não está ficando tarde? Não estarão a nos esperar no *palazzo*, lady Fortunato e os outros? Vamos voltar.

– Sim – disse eu. – Vamos voltar.

– *Pelo amor de Deus, Montresor!*

– Sim – concordei. – Pelo amor de Deus!

Mas esperei em vão por uma resposta a estas palavras. Fiquei impaciente. Chamei, em voz bem alta:

– Fortunato!

Não houve resposta. Gritei de novo:

– Fortunato!

E novamente, não obtive resposta. Atravessei um dos archotes pela abertura restante e deixei que caísse lá dentro. Em retorno, veio somente o tilintar dos guizos. Meu coração contraiu-se – era a umidade das catacumbas que me afetava. Apressei-me a concluir meu labor. Forcei a última pedra para a posição adequada; reboquei-a com cimento. Contra a nova parede, reergui a antiga muralha de ossos. Já se passou meio século e nenhum homem mortal os perturbou. *In pace requiescat!*[8]

---

8. *In pace requiescat*: Que descanse em paz! Em latim no original. (N. do T.)

O POÇO E O PÊNDULO

Impia tortorum longa hic turba furores
Sanguinis innocui, non satinta, aluit.
Sospite nunc patria, fracto nunc funeris antro.
Mors ubi dira fuit vita salusque patent.[1]

[Quarteto composto para os portões de um mercado a ser construído no local em que se erguera o Clube dos Jacobinos[2], em Paris.]

Eu estava doente – sofria de uma enfermidade mortal e passei por um longo período de agonia; quando, finalmente, eles desataram as correias que me prendiam ao leito e me permitiram sentar, senti que minha sanidade mental me abandonava. A sentença – a pavorosa sentença de morte – foi a última frase coerente que chegou aos meus ouvidos. Depois disso, os sons das vozes inquisidoras pareciam mergulhados em um indeterminado zumbido de sonho. A idéia que atingia minha alma era a de uma *revolução* – talvez devido à sua associação em minha fantasia com o ruído monótono produzido pelas revoluções de uma roda de moinho. Isto durou somente por um breve período; porque, depois de algum tempo, não escutei mais nada.

---

1. "Aqui a multidão, em seu furor antigo / Verteu sangue inocente, ficando sem castigo. / Desfeito o antro fúnebre, da Pátria a caridade / Semeou vida e saúde, em vez de mortandade." Em latim no original. (N. do T.)

2. Os Jacobinos (que herdaram o nome dos frades dominicanos) formaram o partido político mais extremado durante a Revolução Francesa. Robespierre, St.-Just e Mirabeau, alguns de seus membros, levaram seus adversários girondinos (chefiados por Danton) ao cadafalso durante o Terror. Foram, por sua vez, executados após o Thermidor, e seu clube foi arrasado em 1794. (N. do T.)

Todavia, num certo momento eu enxerguei – mas com que exagero terrível! Eu vi os lábios dos juízes de mantos negros. Pareciam-me totalmente brancos – mais brancos que a folha sobre a qual traço estas palavras – e finos ao ponto de serem grotescos; finos, com a intensidade de sua expressão de firmeza – de resolução inamovível – de desprezo austero pela tortura humana. Eu vi que os decretos do que para mim era o Destino ainda estavam brotando desses lábios. Vi retorceremse com suas mortais elocuções. Vi-os pronunciando as sílabas de meu nome; e estremeci, porque nenhum som sucedeu a esse movimento. Vi, também, durante alguns momentos de horror delirante, o sutil e quase imperceptível ondular das cortinas negras que recobriam as paredes da sala. E, então, minha visão repousou sobre as sete longas velas que iluminavam a mesa. A princípio, elas revestiam-se de uma aura de caridade e pareciam anjos esguios e brancos, que me salvariam. Mas então, subitamente, uma náusea mortal sobrepujou-me o espírito e senti cada fibra de meu corpo arrepiar-se, como se eu tivesse encostado em um fio de bateria elétrica, enquanto as formas angélicas se transmutavam em espectros sem significado, com cabeças formadas por labaredas; e percebi que deles não me resultaria auxílio algum. Nesse momento, imiscuiu-se em minha fantasia, como um sonoro acorde musical, o pensamento de quão doce poderia ser o descanso da sepultura. A idéia foi chegando, gentil e fortuitamente, e pareceu demorar-se por um longo tempo, antes que a pudesse apreciar totalmente; porém, no momento em que meu espírito finalmente a sentiu e ponderou de forma adequada, as figuras dos juízes se desvaneceram diante de meus olhos, como que por um passe de mágica; as longas velas afundaram-se na inexistência; suas chamas se apagaram totalmente; sobreveio o negror da escuridão; todas as sensações pareceram engolidas em uma descida veloz e tresloucada como a da alma rumo ao Hades[3]. Então, o silêncio, e a quietude, e a noite eram todo o universo.

Eu havia desmaiado, mas, mesmo assim, não direi que toda a consciência fora perdida. Aquilo que dela restava eu não tentarei definir, nem sequer descrever; todavia, nem tudo estava perdido. Na sonolência mais profunda – não! No delírio – não! Na inconsciência – não! Na morte – não! Mesmo na tumba *nem tudo* está perdido. Caso contrário, não existe imortalidade para o homem. Erguendo-nos do sono mais profundo, quebramos a teia sedosa de *algum* sonho. Entretanto, no próximo segundo (tão frágil pode ser aquela teia!) não mais recordamos termos sonhado. No retorno de um desmaio à vida há dois estágios: primeiro, aquele do sentido mental ou espiritual; depois, o do sentido da existência física. Parece provável que, se, ao atingirmos o segundo estágio, pudéssemos recordar as impressões do primeiro, acharíamos essas sensações eloqüentes em memórias do golfo do além. E esse golfo é – o quê? Como poderemos pelo menos distinguir entre suas sombras e as sombras da tumba? Mas, se as impressões daquilo que denominei o primeiro estágio não são evocadas propositalmente, após um longo intervalo, não surgem elas sem serem convidadas, enquanto, maravilhados, nos perguntamos de onde poderiam ter brotado? Aquele que desmaiou não é o mesmo que encontra estranhos palácios e rostos extremamente familiares nas reluzentes brasas da lareira; não é aquele que contempla a flutuar diante de seu rosto as tristes visões que a maioria não consegue divisar; não é aquele

3. Hades: o Reino dos Mortos, na mitologia greco-romana. (N. do T.)

que medita sobre o perfume de uma nova flor – não é aquele cujo cérebro se assombra com a significação de alguma cadência musical que nunca antes lhe atraíra a atenção.

Entre os esforços freqüentes e cuidadosos para lembrar, entre as lutas mais acirradas para retomar algum símbolo do estado de aparente vazio em que minha alma havia tombado, houve momentos em que sonhei com o sucesso; houve períodos breves, extremamente breves, em que conjurei recordações que a razão lúcida de uma época posterior me assegura que podiam se referir somente àquela condição de aparente inconsciência. Estas sombras da memória contam, indistintamente, sobre figuras altas e esguias que me ergueram e carregaram silenciosamente para baixo – para baixo – ainda mais para baixo – até que uma horrenda tontura me oprimiu mera idéia do infinito da descida. Falam também de um vago horror em meu coração, por conta da quietude antinatural desse coração. Então surge uma sensação de súbita imobilidade, pervadindo todas as coisas: como se aqueles que me carregavam (um séqüito pavoroso!) tivessem ultrapassado em sua descida os limites do ilimitado e feito uma pausa no seu trabalho extenuante. Depois disso, evoco em minha mente platitude e umidade; e então, tudo é *loucura* – insanidade de uma memória que se revolve entre coisas proibidas.

Muito subitamente, retornaram à minha alma o movimento e o som – o movimento tumultuado do meu coração e, nos ouvidos, o ressoar de suas batidas. E então uma pausa, em que tudo é vazio. Depois, novamente o som, o movimento, o toque – uma sensação de formigamento percorrendo o meu corpo. Então, a mera consciência de existir, sem pensamentos – uma condição que durou muito tempo. Então, muito repentinamente, *o pensamento,* o terror frementе, e a luta feroz para compreender meu verdadeiro estado. Então um forte desejo de cair na insensibilidade. Então, um rápido reavivamento do espírito e um esforço bem-sucedido para retomar o movimento. E agora, a lembrança completa do julgamento, dos juízes, dos cortinados negros, da sentença, do enjôo e do desmaio. Então, o esquecimento completo de tudo o que se seguiu, de tudo o que esvair de um dia e muita aplicação e esforço me permitiram recordar vagamente.

Até esse momento, eu não abrira meus olhos. Percebi que estava deitado de costas e que não estava mais amarrado. Estendi a mão, e ela caiu pesadamente contra alguma coisa úmida e dura. Deixei que ficasse ali durante muitos minutos, enquanto procurava imaginar onde estava e *o quê* eu poderia ser. Ansiava por ver e, todavia, não ousava empregar a visão. Tinha medo do que meu primeiro olhar revelaria a respeito dos objetos que me cercavam. Não que eu temesse contemplar coisas horripilantes; me apavorava com a idéia de que não houvesse *nada* para ser visto. Finalmente, com meu coração tomado por um desespero selvagem, descerrei os olhos bem depressa. Meus piores pensamentos foram então confirmados. A escuridão da noite eterna me envolvia. Lutei para respirar. A intensidade das trevas parecia me oprimir e sufocar. A atmosfera estava intoleravelmente abafada. Continuei deitado imóvel, esforçando-me para usar de minha razão. Eu trouxe à mente os procedimentos da Inquisição e, a partir desse ponto, procurei deduzir minhas condições reais. A sentença tinha sido proferida: e, segundo me parecia, um longo intervalo de tempo tinha transcorrido desde então. Todavia, nem por um momento eu supus estar realmente morto. Tal suposição, não importa o que leiamos na ficção, é totalmente inconsistente com a existência real – mas onde e em que situação eu me achava? O condenado à morte, sabia muito bem, perecia em geral em um auto-de-fé; e uma destas cerimônias tinha sido realizada na própria noite do dia de meu julgamento. Teria eu sido reconduzido a meu calabouço, aguardando a data do próximo sacrifício, que só se realizaria após muitos meses? De imediato, percebi que não podia ser isso. Havia uma demanda urgente por vítimas. Além disso, meu calabouço, como todas as celas dos condenados em Toledo, tinha um pavimento de pedra e não era totalmente desprovido de iluminação.

Neste momento, uma idéia assustadora lançou-me o sangue atormentado sobre meu coração e, por um breve período, novamente recaí na insensibilidade. Ao recobrar-me, de imediato procurei pôr-me de pé, cada fibra de minha estrutura tremendo convulsivamente. Agitei os braços violentamente ao meu redor e acima de minha cabeça, em todas as direções. Não toquei em nada; e, no entretanto, sentia pavor de dar um só passo, para não ser impedido pelas paredes de um *túmulo.* A transpiração brotava-me de cada poro e acumulava-se em grandes gotas geladas sobre minha testa. A agonia da incerteza tornou-se afinal intolerável e movi-me cautelosamente para frente, com meus braços estendidos e meus olhos saltando para fora das órbitas, na esperança de captar o mais fraco lampejo de luz. E assim prossegui, dando várias passadas; e ainda só encontrava o negror e o vazio. Respirei com maior liberdade. Parecia evidente que o meu não era, pelo menos, o mais hediondo dos destinos.

E agora, enquanto eu continuava a dar passos cautelosos para a frente, acotovelaram-se em minha memória mil vagos rumores sobre os horrores de Toledo. A respeito dos calabouços, as mais estranhas coisas eram comentadas – eu sempre as tivera na condição de fábulas –, mas, ainda assim, eram relatos muito estranhos, horríveis demais para serem repetidos, salvo em um murmúrio. Fora eu abandonado para morrer de fome neste mundo subterrâneo de escuridão? Ou que outro fado, talvez ainda mais horrível, me aguardava? Que o resultado final seria a morte, uma morte incomumente amarga, não havia a menor dúvida – conhecia bem demais o caráter de meus juízes para imaginar outra coisa. A maneira e a hora eram o que me ocupava e distraía.

Minhas mãos estendidas finalmente encontraram uma obstrução sólida. Era uma parede, aparentemente construída com pedras de cantaria – muito lisa, pegajosa e fria. Fui seguindo os seus contornos, caminhando ainda com toda a cautelosa desconfiança que certas narrativas antigas me haviam inspirado. Este processo, entretanto, não me concedeu meios de aferir as verdadeiras dimensões de minha prisão; isto pois eu poderia estar andando a seu redor e retornar ao ponto de onde havia partido, sem perceber tal fato, tão perfeitamente uniforme parecia a parede. Procurei a faca que estivera em meu bolso quando eu fora levado à câmara inquisitorial; mas não estava mais ali; minhas roupas tinham sido trocadas por um camisolão de sarja. Havia pensado em enfiar a lâmina em alguma minúscula fenda da alvenaria, a fim de identificar meu ponto de partida. Essa dificuldade, entretanto, era apenas trivial, ainda que, no desalento da minha razão, parecesse insuperável. Rasguei uma tira da bainha da veste que trazia e coloquei o fragmento perfeitamente estendido em ângulo reto com a parede. Ao tatear meu caminho ao redor da prisão, não poderia deixar de encontrar este farrapo de pano, tão logo completasse o circuito. Pelo menos, foi o que pensei. Mas não contara com a extensão do calabouço, nem com minha própria fraqueza. O solo era úmido e escorregadio. Cambaleei em frente durante algum tempo, até que tropecei e caí. Minha extrema fadiga me obrigou a permanecer prostrado; e o sono logo me subjugou, caído do jeito que estava.

Ao acordar, esticando um dos braços, descobri a meu lado um pão e um jarro de água. Estava exausto demais para refletir sobre esta circunstância, mas comi e bebi com avidez. Logo em seguida, retomei minha excursão ao redor da cela e, com muito esforço, cheguei finalmente ao fragmento de sarja. Até o momento em que caíra ao solo, havia contado cinqüenta e dois passos e, após recomeçar minha caminhada, contara quarenta e oito mais, até chegar à tira de pano rasgado. Isto significava, no total, cem passos; calculando um meio metro para cada passo, presumi que o calabouço tivesse uma circunferência de cinqüenta metros. Todavia, encontrara muitos ângulos nas paredes e, deste modo, não podia adivinhar qual era a forma daquela cripta; pois não podia deixar de imaginar que fosse uma câmara abobadada.

Eu não tinha um objetivo definido – e certamente nenhuma esperança – ao realizar estas explorações; mas uma vaga curiosidade me fez prosseguir com elas. Deixando a parede, resolvi atravessar de ponta a ponta a área abrangida pelo recinto. A princípio, prossegui com extrema cautela, porque o pavimento, embora aparentasse ser de material sólido, estava traiçoeiramente coberto de limo. Finalmente, entretanto, tomei coragem e não hesitei em pisar com firmeza, tentando traçar uma linha tão reta quanto possível. Tinha avançado uns dez ou doze passos desta maneira, quando o restante da bainha de minha veste rasgada enroscou-se entre minhas pernas. Pisei em uma das pontas e caí violentamente, batendo com o rosto no chão.

Na confusão que se seguiu à minha queda, não percebi de imediato uma circunstância um tanto perturbadora que, todavia, alguns segundos depois, enquanto eu ainda jazia prostrado, atraiu-me a atenção. Era o seguinte – meu queixo batera violentamente contra o pavimento da prisão, mas meus lábios e a porção superior de minha cabeça, embora aparentemente menos elevados com relação ao solo que o queixo, não tocavam em nada. Ao mesmo tempo, minha testa parecia banhada em um fresco vapor e o cheiro peculiar de cogumelos apodrecidos chegou às minhas narinas. Estendi o braço e estremeci ao perceber que tinha caído diretamente na beirada de um poço circular, cuja extensão, naturalmente, eu não tinha, nesse momento, meios de medir. Tateando pelas pedras que formavam as paredes do poço, consegui deslocar um pequeno fragmento e deixei que tombasse no abismo. Escutei durante muitos segundos as suas reverberações, enquanto ricocheteava contra as paredes do abismo, em sua descida interminável; finalmente, ouvi um súbito mergulho na água, seguido por uma sucessão de ecos sonoros. No mesmo momento, surgiu um som semelhante à rápida abertura e fechamento igualmente ligeiro de uma porta acima de minha cabeça, enquanto um leve lampejo de luz faiscou subitamente através da escuridão e desapareceu, também de súbito.

Vi claramente qual era o destino que me tinha sido preparado e congratulei-me pelo oportuno acidente pelo qual escapara dele. Mais um passo antes de minha queda e o mundo não mais me veria. E a morte recém-evitada era do mesmo tipo que eu encarara como fabuloso e frívolo nos contos sobre a Inquisição. Para as vítimas de sua tirania, havia a escolha entre a morte com suas agonias físicas mais terríveis e a morte com seus horrores mentais mais pavorosa. Eu tinha sido reservado para este segundo gênero de execução. Através do longo sofrimento, meus nervos tinham sido afetados até que eu tremia ao som de minha própria voz. Havia-me tornado em todos os aspectos uma vítima adequada para a espécie de tortura que me aguardava.

Com tremores me percorrendo todos os membros, tateei meu caminho de volta à parede. Preferia perecer junto a ela do que arriscar-me aos terrores dos poços, que agora minha imaginação calculava serem muitos, localizados em vários lugares do calabouço. Fossem outras as condições de minha mente, eu poderia ter tido a coragem de dar um fim à minha miséria de uma vez por todas, através de um mergulho em um destes abismos; mas agora eu era o maior dos covardes. Nem conseguia esquecer aquilo que tinha lido a respeito dessas covas – que a *súbita* extinção da vida não fazia parte dos planos tremendamente horríveis dos inquisidores.

A agitação do espírito manteve-me acordado por muitas e longas horas; porém, finalmente, caí de novo em uma espécie de sonolência. Ao acordar-me, descobri a meu lado, como antes, um pão e um jarro d'água. Uma sede abrasadora me consumia e esvaziei a vasilha de um trago. A água devia conter alguma droga, porque nem bem eu tinha acabado de beber, já uma irresistível modorra tomou conta de mim. Um sono profundo recaiu sobre meu espírito – um sono semelhante ao da morte. Naturalmente, não sei por quanto tempo durou, mas quando, outra vez, abri os olhos, os objetos ao redor de mim estavam visíveis. Devido a umbrilho infernal e doentio, cuja origem eu não pude a princípio determinar, pude divisar a extensão e o aspecto de minha masmorra.

Quanto ao seu tamanho, enganara-me enormemente. A circunferência completa de suas paredes não excedia vinte e cinco metros. Por alguns minutos, este fato me ocasionou uma estranha e inútil perturbação; inútil, sem a menor dúvida, porque o que poderia ser menos importante, dentro das terríveis circunstâncias em que me achava envolto, do que as dimensões de minha cela? Porém minha mente apresentava um vívido interesse por bagatelas, e ocupei-me em elucubrações que explicassem o erro que eu cometera nas minhas medidas. A verdade finalmente reluziu em meu espírito. Em minha primeira tentativa de exploração, eu tinha contado cinqüenta e dois passos, até o momento em que caíra; eu deveria estar então a um passo ou dois do fragmento de tecido; na verdade, eu já quase concluíra o circuito da cripta. Então dormi e, ao acordar, devo ter retornado sobre meus próprios passos – supondo desta forma que o circuito fosse quase o dobro do que de fato era. A confusão de minha mente tinha impedido que eu observasse que iniciara o circuito com a parede à minha esquerda e o completara com a parede à direita.

Enganara-me, também, com relação ao formato do aposento. Ao tatear ao redor das paredes, tinha percebido muitos ângulos e então deduzido a idéia de uma grande irregularidade, tão potente é o efeito da escuridão total sobre alguém que emergia da letargia do sono! Os ângulos eram simplesmente os de algumas leves depressões, algumas reentrâncias que se sucediam a intervalos irregulares. O formato geral da prisão era quadrangular. Aquilo que eu acreditara ser construção em pedras, parecia-me agora paredes de ferro, ou de algum outro metal, formadas por imensas chapas, cujas suturas ou juntas ocasionavam as depressões. A superfície inteira deste recinto metálico era grosseiramente pintada com todas as figuras repulsivas e horrendas a que a fúnebre superstição dos monges dera vida. Figuras de demônios de aspecto ameaçador, de formas esqueléticas, e outras imagens mais assustadoras, espalhavam-se e desfiguravam as paredes. Observei que os contornos destas monstruosidades eram suficientemente distintos, mas que as cores pareciam desbotadas ou diluídas, como em conseqüência de uma atmosfera úmida. Então percebi também o assoalho, que era feito de pedra. No centro, escancarava-se o poço circular de cujas mandíbulas eu escapara; mas era o único do calabouço.

Tudo isto eu contemplei, indistintamente e com muito esforço; pois minhas condições pessoais tinham mudado radicalmente durante minha sonolência. Agora, eu jazia de costas, com as pernas totalmente estendidas, em uma espécie de catre baixo. Eu estava firmemente atado a este por uma longa tira que lembrava um cinto de monge. Passava em muitas voltas ao redor de meus membros e de meu tronco, deixando em liberdade somente minha cabeça e meu braço esquerdo, a tal ponto que eu podia, com muito trabalho e esforço, abastecer-me com a comida que se achava em um prato de barro colocado a meu lado no chão. Vi, para meu horror, que a jarra de água fora removida. Digo para meu horror, porque me achava consumido por uma sede insuportável. Aparentemente, era desígnio de meus perseguidores estimular esta sede, pois a comida que se achava no prato era salgada e fortemente temperada.

Olhando para cima, examinei o teto de minha prisão. Ficava a uns dez ou doze metros acima de minha cabeça e era construído de uma forma muito semelhante à das paredes laterais. Em um de seus painéis uma figura muito singular atraiu-me totalmente a atenção. Era uma representação pictórica do Tempo, tal como ele é comumente apresentado, exceto que, em lugar de uma foice, ele segurava aquilo que, a um olhar casual, eu supus ser a imagem pintada de um imenso pêndulo semelhante ao que vemos nos relógios antigos. Havia alguma coisa, entretanto, na aparência desta máquina, que me levou a observá-la com maior atenção. Enquanto eu olhava diretamente para ela (pois sua posição era imediatamente acima de mim), pensei tê-la visto em movimento. No instante seguinte, minha impressão foi confirmada. Seu balanço era breve e, naturalmente, lento. Fiquei a observá-lo durante alguns momentos, um pouco receoso, mas ainda mais espantado. Finalmente, cansado de observar seu movimento monótono, voltei minhas vistas para os outros objetos na cela.

Um leve ruído atraiu-me a atenção e, olhando para o chão, enxerguei diversos ratos enormes que cruzavam o pavimento. Tinham subido do poço, que estava à direita no meu raio de visão. Mesmo então, enquanto eu olhava, eles vinham rapidamente em uma verdadeira tropa, com olhos famintos, atraídos pelo cheiro da carne. Foi necessário muito esforço e atenção para afugentá-los.

Talvez tenha passado meia hora, talvez até uma hora (pois minha noção do tempo era imperfeita) antes que lançasse novamente o olhar para o teto. O que enxerguei me confundiu e intrigou. O balanço do pêndulo tinha aumentado sua abrangência em quase um metro. Como conseqüência natural, sua velocidade era também muito maior. Mas o que mais me perturbou foi a idéia de que ele tinha perceptivelmente *descido.* Agora observei – com que horror é inútil descrever – que sua extremidade inferior era formada por uma lâmina de aço cintilante, com forma de lua crescente e cerca de trinta centímetros de ponta a ponta; estas extremidades encurvavam-se para cima e a aresta inferior era evidentemente tão afiada quanto a de uma navalha. Também como uma navalha, parecia maciça e pesada, alargando-se a partir da lâmina até transformar-se em uma estrutura sólida e larga na parte superior. Estava suspensa por uma pesada haste de bronze, e o conjunto assobiava enquanto se balançava através do ar.

Não podia mais duvidar qual era o destino preparado para mim pela engenhosidade dos monges torturadores. Meu conhecimento da existência do poço tinha sido percebido pelos agentes da Inquisição – *aquele poço,* cujos horrores tinham sido preparados para um herege tão impenitente quanto eu –, *aquele poço,* típico do inferno, descrito pelos rumores como o supra-sumo insuperável de todos os seus castigos. O mergulho no poço eu tinha evitado pelo mais casual dos acidentes e eu sabia que a surpresa, assim como os tormentos que se seguiam à captura, constituíam uma parte importante do grotesco destas mortes nos calabouços. Não tendo eu caído no poço, não fazia parte do plano demoníaco jogar-me no abismo, e, deste modo, (não havendo alternativa) um meio de destruição diferente e mais suave me aguardava. Mais *suave*! Quase sorri, em minha agonia, ao pensar na aplicação desse termo.

De que adianta contar as longas, imensas horas de horror mais do que mortal, durante as quais eu contei as vibrações velozes da lâmina! Polegada por polegada, linha por linha, com uma descida somente apreciável a intervalos que pareciam séculos – ela descia mais e mais! Passaram-se dias – talvez até mesmo tenham-se passado muitos dias – até que ela passasse tão perto de mim a ponto de me abanar com seu hálito irritante. O odor do aço afiado forçou sua entrada em minhas narinas. Rezei – esgotei a paciência dos céus com minhas orações para que descesse mais rapidamente. Entrei em um frenesi de loucura, enquanto lutava, tentando esticar-me para cima, para mais perto do balouçar da apavorante cimitarra. E então senti-me subitamente calmo e permaneci sorrindo perante a morte cintilante, como uma criança frente a um bibelô.

Seguiu-se outro intervalo de completa insensibilidade, mas foi breve, porque, ao retornar à vida consciente, não observei uma descida perceptível do pêndulo. Mas pode ter sido mais longo, pois havia demônios assistindo ao meu desmaio e que poderiam ter suspendido as vibrações do pêndulo. E, no momento em que recobrei a consciência, senti-me igualmente muito enfermo – oh, inexprimivelmente doente e fraco, como se devido a um longo período de inanição. Mesmo de permeio às agonias desse período, a natureza humana ansiava por comida. Com doloroso esforço, estendi meu braço esquerdo até a distância máxima que permitiam meus laços e tomei posse do pequeno resto de alimento que fora poupado pelos ratos. E, no momento em que coloquei uma porção dele em meus lábios, minha mente foi assaltada por um pensamento ainda meio disforme de alegria – de esperança. Entretanto, o que tinha eu a ver com a esperança? Era, como eu disse, um pensamento formado apenas por metade – os homens têm muitos destes, que jamais são completados. Percebia que era um lampejo de alegria – e também de esperança; mas, ao mesmo tempo, sentia que esta sensação já havia perecido antes de se formar completamente. Em vão lutei para aperfeiçoá-la – para retê-la. O longo sofrimento tinha quase aniquilado meus poderes mentais de concentração. Eu era um imbecil – um idiota.

A ondulação do pêndulo movimentava-se em ângulo reto, perpendicularmente a mim. Via que a lâmina crescente tinha sido planejada para cruzar a região do meu coração. A lâmina arranharia a sarja que formava minha túnica. Então voltaria e repetiria a operação. De novo. Mais uma vez. Não obstante sua amplitude apavorantemente ampla (abrangia agora dez metros ou mais a cada oscilação) e o vigor sibilante de sua descida, suficiente para desgastar até mesmo aquelas paredes de ferro, o lento rasgar da minha roupa seria tudo o que, por diversos minutos, o gume afiado provocariado pelo gume afiado. E a este pensamento, parei. Não ousava ir além desta reflexão. Demorei-me nesta contemplação com atenção pertinaz – como se, pensando somente nisso, pudesse interromper *naquele ponto* a descida da lâmina. Forcei-me a ponderar sobre o som provocado pelo crescente no momento em que atravessaria de leve minha roupa – sobre a sensação peculiar e emocionante que a fricção de tecido desperta nos nervos. Fiquei ponderando sobre toda esta frivolidade, até que meus dentes começaram a ranger.

Para baixo – constantemente para baixo o gume descia. Senti um prazer frenético em contrastar seu lentíssimo movimento descendente com sua velocidade lateral. Para a direita – para a esquerda – para longe, amplamente – produzindo o uivo de um espírito condenado; em direção a meu coração, com o ritmo furtivo de um tigre! Eu alternadamente ria e gritava de medo, à medida que uma idéia e depois a outra predominava.

Para baixo – inexoravelmente, incessantemente para baixo! Já vibrava a dez centímetros de meu peito! Lutei violentamente, furiosamente, para libertar meu braço esquerdo. Estava livre somente do cotovelo para baixo. Podia estender a mão do prato que estava a meu lado até minha boca, com o maior dos esforços, mas nada mais que isso. Se pudesse desfazer os nós que me prendiam acima do cotovelo, teria tentado agarrar o pêndulo e interromper-lhe o movimento. Seria o mesmo que tentar interromper uma avalanche!

Para baixo – ainda incansavelmente – ainda inevitavelmente descendo! Engolia em seco e lutava a cada vibração que passava sobre mim. Encolhia-me convulsivamente a cada varrida do pêndulo. Meus olhos seguiam seus movimentos para cima e para baixo com a ansiedade do desespero mais profundo; fechavam-se espasmodicamente a cada descida, embora a morte tivesse sido um alívio, oh! quão indescritível! Enquanto isso, cada fibra nervosa em meu corpo tremia incontrolavelmente cada vez em que pensava como um leve afundar da maquinaria precipitaria o gume daquele machado afiado e brilhante sobre meu peito. Era *a esperança* que incitava meus nervos a tremerem – e meus ossos a encolherem-se. Era *a esperança* – a esperança que triunfa mesmo no pelourinho – que cochicha ao ouvido do condenado à morte mesmo nos subterrâneos da Inquisição!

Já percebi agora que mais dez ou doze oscilações colocariam o aço em contato real com a roupa e, com esta observação, subitamente derramou-se sobre meu espírito toda a calma firmemente controlada do desespero. Pela primeira vez em muitas horas – talvez em muitos dias – eu *pensei.* Ocorreu-me agora que o cordão grosso, o cíngulo que me enrolava era *uma única peça.* Não estava amarrado por nenhuma outra corda. O primeiro golpe do crescente afiado como navalha através de qualquer porção daquele fio, o romperia de tal modo que o mesmo poderia ser desenrolado de minha pessoa por minha mão esquerda. Mas que assustadora seria, neste caso, a proximidade do aço! E quão mortal o resultado do menor movimento provocado por minha luta! Era provável, além disso, que os asseclas do torturador já não tivessem previsto esta possibilidade e tomado providências em contrário? Seria possível que aquela atadura cruzasse meu peito justamente no caminho do pêndulo? Temendo descobrir que minha leve esperança, que parecia ser a derradeira, fosse frustrada, elevei a cabeça para obter uma visão distinta de meu peito. Aquele cíngulo envolvia meus membros e meu tronco apertadamente, em quase todas as direções possíveis – *exceto no caminho daquela meia-lua destruidora*!

Nem bem eu tinha repousado minha cabeça de volta em sua posição original, quando reluziu em minha mente aquilo que só posso descrever como a metade da idéia que não se formara antes, aquela idéia de libertação a que aludira anteriormente e da qual metade apenas flutuara indefinidamente em meu cérebro, no momento em que levara alimento a meus lábios abrasados de sede. Agora, o pensamento inteiro se fez presente – uma idéia frágil, quase insana, ainda mal definida –, porém, mesmo assim, completa. Imediatamente iniciei, com a energia nervosa do desespero, a tentativa de pô-la em execução.

Durante muitas horas os imediatos arredores do catre baixo sobre o qual eu jazia literalmente enxameavam de ratos. Eram ferozes, ousados, famintos. Seus olhos vermelhos brilhavam sobre mim como se esperassem somente que eu ficasse imóvel para fazerem de mim sua presa. "Esse é o tipo de comida" – pensei eu – "com que se acostumaram no fundo do poço!"

Eles tinham devorado, a despeito de todos os meus esforços para impedi-los, todo o conteúdo do prato de barro, a não ser por uma pequena porção. Eu caíra no habitual movimento de vaivém, abanando a mão constantemente sobre o prato; e, finalmente, a uniformidade inconsciente do movimento impedira seu efeito. Em sua voracidade, aqueles vermes freqüentemente cravavam as presas agudas em meus dedos. Com as partículas da carne oleosa e temperada que ainda restavam, esfreguei inteiramente minhas bandagens, onde quer que meus dedos alcançassem; depois, erguendo a mão do solo, fiquei totalmente imóvel, prendendo a respiração.

A princípio, os animais esfaimados se assustaram e atemorizaram com a mudança – espantados pela cessação do movimento. Recuaram alarmados; muitos chegaram a pular para dentro do poço. Mas isto foi somente por um momento. Não tinha contado em vão com sua voracidade. Observando que eu permanecia sem movimento, um ou dois dos mais ousados saltaram sobre o catre e farejaram o cíngulo que me envolvia. Este pareceu o sinal para uma corrida geral. Novas tropas brotaram velozmente do poço. Agarraram-se às hastes de madeira, treparam por elas, saltaram às centenas sobre minha pessoa. O movimento medido e constante do pêndulo não os perturbava nem um pouco. Evitando seus golpes, eles se ocuparam com as bandagens recobertas de gordura. Apertaram-se uns contra os outros – acumularam-se sobre mim em montões cada vez maiores. Retorciam-se sobre minha garganta; seus lábios frios buscavam os meus; estava semi-sufocado pelo peso daquela multidão de roedores; um nojo para o qual o mundo não tem nome, ergueu-se em meu peito e gelou-me o coração com uma umidade pesada. Mais um minuto e percebi que a luta acabaria. Percebi claramente que meus laços se afrouxavam. Sabia que, em mais de um lugar, a corda já devia estar cortada. Com uma resolução mais que humana, permaneci completamente imóvel.

Eu nem errara em meus cálculos – nem suportara tudo aquilo em vão. Finalmente percebi que estava *livre*! O cíngulo pendia em farrapos de meu corpo. Mas as oscilações do pêndulo já pressionavam meu peito. A lâmina já cortara o tecido de minha veste. Tinha cortado a camisa de linho que eu usava por baixo. Duas vezes mais o pêndulo oscilou, e uma sensação aguda de dor perpassou por todos os meus nervos. Mas o momento da fuga tinha chegado. Com um só gesto de minha mão, meus libertadores fugiram tumultuadamente. Com um movimento firme e constante – cuidadosamente, deslizando bem devagar para o lado, enquanto me encolhia todo – furtei-me ao abraço das

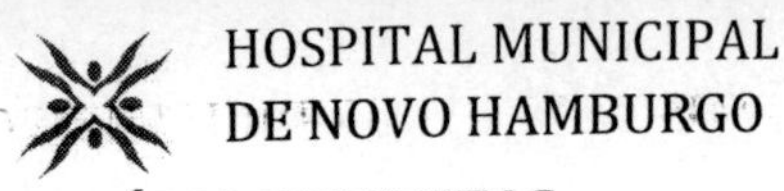

HORÁRIO DE VISITAS:

EMERGÊNCIA (PCR e OBS):
11:00h às 11:30h

LEITOS E UTI (1 pessoa):
17:00h às 17:30h

TROCAS ACOMPANHANTES:

(uma troca por horário)
07:15h às 08:15h
13:00h às 14:00h
18:00h às 19:00h

OBRIGATÓRIA A APRESENTAÇÃO DE DOCUMENTO

ENTRADA A PARTIR DE 12 ANOS

Av. Pedro Adams Filho, 6520
Operário – NH | F.: 3272-3272

bandagens e ao alcance da cimitarra. Por enquanto, pelo menos, *eu estava livre.*

Livre! E nas garras da Inquisição! Mal eu tinha descido de meu leito de horror, recém pisava sobre o pavimento de pedra da prisão, quando o movimento da máquina infernal cessou, e contemplei enquanto o pêndulo era arrastado para cima, por alguma força invisível e retirado através do teto. Esta era uma lição que aprendi desesperadamente. Cada um de meus movimentos era indubitavelmente vigiado. Livre! Eu tinha somente escapado à morte em uma forma já familiar de agonia, para ser entregue a um destino pior que a morte em outra espécie de agonia. Com este pensamento, rolei meus olhos nervosamente ao redor, percorrendo as barreiras de ferro que me prendiam. Obviamente, alguma coisa incomum – alguma mudança que, a princípio, não conseguia compreender distintamente – ocorrera no aposento. Por muitos minutos de abstração sonhadora e trêmula, esforcei-me em vão, envolto em conjecturas desconexas. Durante esse período, tomei consciência, pela primeira vez, da origem daquela luz sulfurosa que iluminava a cela. Provinha de uma fissura com mais ou menos um centímetro e meio de largura, que se estendia inteiramente ao redor da prisão, ao longo da base das paredes que, deste modo pareciam estar, e de fato estavam, completamente separadas do chão. Tentei, naturalmente em vão, olhar através desta abertura.

Enquanto eu me erguia, depois de haver tentado espiar por baixo da fresta, o mistério das alterações do aposento foi subitamente resolvido por minha compreensão. Eu já havia observado que, embora os contornos das figuras sobre as paredes fossem suficientemente distintos, as cores pareciam borradas e indefinidas. Estas cores tinham agora assumido – neste mesmo momento estavam assumindo – um brilho assustador e extremamente intenso que conferia às representações espectrais e demoníacas um aspecto que arrepiaria até mesmo nervos mais firmes do que os meus. Olhos diabólicos, de uma vivacidade selvagem e apavorante, brilhavam sobre mim de mil direções diferentes, onde nenhum olhar estivera visível antes, e cintilavam com o fulgor violento de um fogo que a minha imaginação não podia ser forçada a considerar como irreal.

Irreal! No mesmo momento em que respirei, chegou às minhas narinas o cheiro do vapor de ferro quente! Um odor sufocante encheu a prisão! Uma luminosidade mais profunda estabelecia-se a cada momento nos olhos que se arregalavam para gozar as agonias! Uma tonalidade escarlate ainda mais brilhante difundiu-se sobre as pinturas de horrores sanguinolentos! Resfoleguei! Esforcei-me para respirar! Não podia haver a menor dúvida sobre o projeto de meus atormentadores. Ah, homens incansáveis! Oh, os mais demoníacos dentre os homens! Encolhi-me para não tocar no metal brilhante, recuando para o centro da sala. Por entre os pensamentos sobre a destruição chamejante que me aguardava, a idéia do frescor do poço surgiu em minha alma como um bálsamo. Corri até sua beirada mortal. Lancei o olhar para baixo, forçando a vista para enxergar qualquer coisa. O brilho do teto em brasa iluminava seus recessos mais profundos. Todavia, por um momento de loucura, meu espírito recusou-se a compreender o significado daquilo que eu via. Finalmente, este forcejou – lutando, abriu caminho até minha alma –, marcou-se como fogo sobre minha compreensão fremente. Ah, se eu tivesse voz para falar! Ah, que horror! Ai, qualquer horror menos este! Com um grito agudo, afastei-me da margem e enterrei o rosto nas mãos, chorando amargamente.

O calor rapidamente aumentou e, novamente, olhei para cima, tremendo como se estivesse com um ataque de malária. Houvera uma segunda transformação na cela – e agora a mudança fora obviamente em *seu formato*. Como antes, foi em vão que eu, no princípio, esforcei-me para apreciar ou entender o que estava ocorrendo. Mas não permaneci em dúvida por muito tempo. A vingança da Inquisição tinha sido apressada por minha dupla salvação, e agora não haveria mais delongas com o Rei dos Terrores. A sala tinha sido quadrada. Vi que dois de seus ângulos de ferro eram agora perfeitamente agudos. Dois, conseqüentemente, eram obtusos. A diferença apavorante rapidamente aumentou com um som baixo, de um trovão distante ou um gemido. Em um instante, o quarto tinha modificado sua forma para a de um losango. Mas a alteração não parou aqui – e nem eu esperava ou desejava que parasse. Poderia ter-me abraçado às paredes incandescentes como uma vestimenta de paz eterna. "A Morte!" – disse eu. – "Qualquer morte menos a morte do poço!" Como fui tolo! Como eu podia não ter adivinhador que era justamente para lançar-me *dentro daquela cova* que o ferro estava sendo aquecido em brasa? Poderia eu resistir àquele brilho? Pior ainda, eu poderia resistir à sua pressão? O losango foi ficando cada vez mais chato, com uma rapidez que não me deixava tempo para contemplação. Seu centro e, naturalmente, seu perímetro, já estavam praticamente sobre o abismo que se abria. Recuei – mas as paredes que se encolhiam me empurravam irresistivelmente em direção ao poço. Finalmente, não restava a meu corpo queimado e retorcido uma só polegada de apoio no firme pavimento da prisão. Não lutei mais, porém, a agonia de minha alma encontrou alívio em um fortíssimo grito de desespero tão longo quanto final. Percebi que já balançava sobre a beirada – virei os olhos em outra direção...

Havia o zumbido discordante de vozes humanas! Houve um estridor violento, como o toque de muitas trombetas! Houve um estrondo áspero de mil trovões! As paredes em fogo recuaram! Um braço estendido agarrou o meu, enquanto eu caía no abismo, quase inconsciente. Era o braço do General Lasalle! O exército francês entrara em Toledo. A Inquisição estava nas mãos de seus inimigos[4].

---

4. Chamada oficialmente de Santo Ofício, a Santa Inquisição foi criada pela Santa Sé e entregue aos frades dominicanos, para combater inicialmente os judeus e árabes convertidos à força que praticavam secretamente a velha religião. Foi depois estendida aos protestantes e ateus e, finalmente, aos racionalistas franceses. Especialmente forte na Espanha. (N. do T.)

Cronologia

1809 – Boston. Nascido a 19 de janeiro.

1811 – Richmond, Virginia. A mãe de Poe morre em dezembro, deixando três filhos pequenos aos cuidados de amigos. Edgar Poe é levado para a casa de John Allan, um comerciante de Richmond.

1815-1820 – Londres. Freqüenta academias clássicas na Inglaterra, enquanto John Allan cuida de seus interesses comerciais.

1820-1825 – Richmond. Os Allans retornam aos Estados Unidos em 1820. Poe é matriculado em duas academias de Richmond, onde se destaca em línguas, esportes e travessuras. Compõe diversas sátiras em verso, no formato de dísticos ou parelhas, todas perdidas atualmente, à exceção de "O, Tempora! O, Mores!" (Que tempos! Que costumes!)

1826 – Charlottesville. Ingressa na Universidade de Virginia e se destaca em Línguas Românicas antigas e modernas (neolatinas). Perde dois mil dólares no jogo; Allan se recusa a pagar a dívida e retira Poe da universidade.

1827-1828 – Boston e Charleston. Engaja-se no exército dos Estados Unidos sob o pseudônimo de "Edgar A. Perry", sendo designado para Fort Independence no porto de Boston. Nesse verão, vê impresso seu primeiro livro – um pequeno volume de menos de doze peças poéticas, *Tamerlane and Other Poems*, escritos "Por um Bostoniano", o qual, além do trabalho que lhe dá o título, inclui poemas como "Dreams" (Sonhos), "Visit of the Dead" (A visita dos mortos), "Evening Star" (Estrela vespertina) e "Imitation" (Imitação), revisado como "A Dream

Within a Dream" (Um sonho dentro de um sonho). Em novembro de 1827, a unidade de Poe é transferida para o sul dos Estados Unidos.

1829 – Richmond, Filadélfia e Baltimore. Em abril, algumas semanas após a morte da senhora Allan, Poe dá baixa do exército. Encontra um editor para uma edição levemente aumentada de seus poemas em Baltimore, onde vive por algum tempo com parentes. Em dezembro, *Al Aaraaf, Tamerlane and Minor Poems* aparece, com o acréscimo de meia dúzia de novos trabalhos às versões revisadas dos poemas de *Tamerlane,* incluindo o irônico "Sonnet – To Science" (Soneto à ciência), o burlesco "Fairy-Land" (O país das fadas) e um "Preface" em verso (que posteriormente foi expandido para originar uma "Introduction" meio séria, meio cômica para a edição de 1831 dos poemas; e, ainda mais tarde, reduzido para "Romance").

1830 – West Point. Ingressa na Academia Militar de West Point. Novamente se destaca em línguas. Torna-se conhecido entre os cadetes por seus versos cômicos a respeito dos oficiais. Enquanto isso, John Allan se casa novamente e descobre uma carta em que Poe comenta que "O sr. A. não se encontra muito freqüentemente sóbrio" (datada de 3 de maio de 1830), que serve de motivo para que corte relações com Poe.

1831 – Nova York e Baltimore. Não recebendo mais a mesada de John Allan, Poe dá um jeito de "desobedecer ordens" (aparentemente sem envolver nada mais sério que faltar a aulas ou deixar de ir aos serviços religiosos) e deste modo obtém baixa do exército. *Poems: Second Edition*, agora sob o nome de "Edgar A. Poe", é publicado em Nova York nessa primavera. Inclui extensas revisões de "Tamerlane", "Al Aaraaf" e outros de seus primeiros poemas, do mesmo modo que meia dúzia de composições novas: "To Helen", "Israfel", "The Doomed City" (A cidade condenada) que foi posteriormente revisado como "The City in the Sea" (A cidade do mar), "Irene" (posteriormente revisado como "The Sleeper" – A adormecida), "A Paean" (revisado como "Lenore") e "The Valley Nis" (revisado como "The Valley of Unrest" – O vale da inquietação). O volume também inclui uma introdução em prosa, intitulada "Letter to Mr.____", que expõe uma visão da arte altamente romântica. Passa a viver com sua tia, Maria Clemm, e sua prima, Virginia, em Baltimore. Submete vários contos a um concurso anunciado pelo jornal *Philadelphia Saturday Courier*.

1832 – Baltimore. O *Courier* publica cinco de seus contos satíricos ou burlescos a intervalos regulares, entre janeiro e dezembro: "Metzengerstein", "The Duke de L'Omelette", "A Tale of Jerusalem", "A Decided Loss" (Uma perda inegável), primeira versão de "Loss of Breath" (Perda de respiração); e "The Bargain Lost" (O negócio gorado), primeira versão de "Bon-Bon".

1833-1834 – Baltimore. No verão de 1833, Poe apresenta outro conjunto de contos em um concurso patrocinado pelo *Baltimore Saturday Visiter*; estes são a primeira série de uma coleção de paródias que nunca chegou a ser publicada. Poe pretendia intitulá-la *The Tales of the Folio Club*, que nesta ocasião incluíam, além das cinco histórias publicadas no *Courier*, "Some Passages in the Life of a Lion" (depois "Lionizing") (Algumas passagens da vida de um leão – depois Celebridade); "The Visionary" (depois revisado como "The Assignation" – A atribuição); "Shadow" (Sombra); "Epimanes" (depois "Four Beasts in One" – Quatro feras em uma); "Siope" (mais tarde, "Silence"); e "MS. Found in a Bottle" (Manuscrito encontrado em uma garrafa). Este último ganha o primeiro prêmio de cinqüenta dólares, enquanto "The Coliseum" recebe o segundo lugar na competição de poesia; ambos são impressos pelo *Visiter* em outubro de 1833. Vende "The Visionary" para a revista *Godey's Lady's Book*, onde aparece em janeiro de 1834, sendo a primeira publicação de Poe em uma revista de ampla circulação. Em março de 1834, morre John Allan, omitindo qualquer menção a Poe em seu testamento.

1835 – Richmond. Passa a colaborar no jornal *Messenger* em março; envia grande número de trabalhos para suas páginas durante esse ano: diversos poemas, a primeira parte de um drama em versos, *Politian*; e cinco contos novos, o gótico "Morella", o gótico-burlesco "Berenice", o cômico "Hans Phaal", o satírico "King Pest" e o pseudogótico "Shadow" (Sombra). Além disso, escreve uma coluna sobre eventos literários correntes e faz mais de trinta revisões de livros. Entre as revisões, encontra-se uma demolição da novela *Norman Leslie*, de autoria de Theodore S. Fay. Estas revisões, combinadas a seus ataques constantes às "cliques literárias" nortistas, começaram a granjear para Poe o título de "Tomahawk Man" (O homem da machadinha). A circulação do *Messenger* subiu dramaticamente. Enquanto isso, de Baltimore, Maria Clemm sugere que Virginia pode passar a morar com um de seus primos e Poe prontamente escreve para pedir a mão de Virginia em casamento. Em setembro, ele retorna a Baltimore, ocasião em que pode ter casado secretamente com ela. Em outubro, Poe traz Maria Clemm e Virginia para Richmond. Em dezembro, White, o proprietário do jornal, oferece a Poe o cargo de editor do *Messenger*, que agora goza de plena prosperidade.

1836 – Richmond. Em maio, Poe casa-se publicamente com Virginia Clemm, que ainda não completou quatorze anos. Seu trabalho constante para tornar o *Messenger* uma das mais importantes publicações de crítica literária é indicado pelo grande número de revisões que ele escreve para serem publicadas nele – mais de oitenta. Entre estas se encontra outra sátira flamejante, a revisão da novela *Paul Ulric*, de Morris Matson; outras revisões incluem, além de ataques contra escritores presentemente esquecidos, duas revisões louvando os primeiros trabalhos de Dickens, além de exercícios sobre definição crítica.

1837-1838 – Nova York e Filadélfia. Disputa com White por considerar baixo o seu salário, em janeiro de 1837; pede demissão do *Messenger* e leva sua pequena família para Nova York. Passa os dois anos seguintes como contribuidor independente em Nova York e Filadélfia, antes de conseguir outro cargo de editor. Publica poemas e contos, incluindo a história cômica "Von Jung the Mystic", o conto gótico "Ligeia" e as duas histórias satíricas que formam um conjunto, "How to Write a Blackwood Article" (Como escrever um artigo de Blackwood)[1] e "The Scythe of Time" (A foice do tempo), mais tarde re-intitulada "A Predicament" (Uma situação embaraçosa). Em julho de 1838, sua única novela, *O*

1. Refere-se a William Blackwood, 1776-1834, editor escocês. (N. do T.)

relato de Arthur Gordom Pym,[2] que tinha sido publicada em forma de seriado no *Messenger*, durante o ano de 1837, agora é publicada em Nova York, sob formato de livro.

1839 – Filadélfia. Relaciona-se com William Burton e, em maio, torna-se editor associado da revista *Burton's Gentleman's Magazine*, contribuindo com um artigo assinado por mês, além de escrever a maior parte das revisões de livros. Suas primeiras contribuições incluem o conto satírico "The Man That Was Used Up" (O homem que foi consumido) e os contos góticos "The Fall of the House of Usher" e "William Wilson" (ambos publicados neste volume). Envolveu-se na redação de um livro-texto de caráter duvidoso, *The Conchologist's First Book* (O primeiro livro do conquiliologista), de autoria de Richard James Wyatt. Começa sua primeira série de soluções de criptogramas na revista *Alexander's Weekly Messenger.*

1840 – Filadélfia. Publica *Tales of the Grotesque and Arabesque*, reimpressão de vinte e quatro de seus contos, com a adição de uma história cômica ainda não publicada, "Why the Little Frenchman Wears his Hand in a Sling?" (Por que o francesinho usa uma tipóia?). Discute com William Burton e é demitido. Em um esforço para fundar sua própria revista literária, ele distribui uma circular denominada "Prospectus for *The Penn Magazine*", mas não obtém apoio financeiro suficiente. Publica "Sonnet – Silence", o conto satírico "The Businessman" (O comerciante) e o texto apócrifo que intitulou "The Journal (O diário) of Julius Rodman". Em novembro, Burton vende sua revista para George Graham, que a unifica com sua própria revista, *The Casket* (O ataúde) para formar a *Graham's Magazine*. Apesar de sua discussão com Poe no início do ano, aparentemente Burton o recomenda a Graham e, em dezembro, Poe contribui com o conto gótico "The Man in the Crowd" (O homem da multidão) para o primeiro número da "nova" revista.

1841 – Filadélfia. Torna-se editor associado de *Graham's*. Contribui com a história de raciocínio detetivesco, "The Murders in the Rue Morgue" (Os assassinatos da rua Morgue); a aventu-

2. Publicada sob o nº 7 da Coleção L&PM Pocket. (N. do T.)

ra gótica "A Descent into the Maelström" (Descida ao redemoinho ou Descida ao Maelström); o idílio soturno "The Island of the Fay" (A ilha da fada); o irônico "Colloquy of Monos and Una"; e o satírico "Never Bet the Devil Your Head" (Nunca aposte sua cabeça com o Diabo). Continua a publicar em outras revistas, notadamente "Eleonora", em *The Gift*, ao passo que, em um artigo publicado pelo *Saturday Evening Post*, prediz com acurácia o desfecho de *Barnaby Rudge*, novela de Dickens, a partir do primeiro capítulo.

1842 – Filadélfia. Em janeiro, Virgínia sofre uma hemorragia, primeiro sinal sério de uma doença que levará sua vida cinco anos depois. Poe encontra-se com Dickens. Demite-se da revista *Graham's* depois de uma disputa sobre privilégios editoriais. Trabalha em uma nova coleção de histórias em dois volumes, em que obras cômicas são cuidadosamente alternadas com trabalhos sérios, a ser intitulada *Phantasy-Pieces*, em imitação do livro alemão *Phantasiestücke*, que nunca chega a ser publicado.[3] No outono, publica "The Pit and the Pendulum" (O poço e o pêndulo); "The Landscape Garden" (O jardim formal) e "The Mystery of Marie Roget".

1843 – Filadélfia. Passa a colaborar na nova revista de James Russell Lowell, *The Pioneer* (O pioneiro), publicando em suas páginas "Lenore", "The Tell-Tale Heart" (O coração denunciador) e um ensaio sobre versos ingleses (que mais tarde se torna "The Rationale of Verse" – Os fundamentos lógicos do verso). Todavia, a revista só publica três números e Poe novamente tenta estabelecer uma revista independente, que desta vez se deveria chamar *The Stylus,* e falha de novo. Em junho, *"The Gold Bug"* (O escaravelho de ouro) ganha um prêmio de cem dólares oferecido pelo *Dollar Newspaper*, de Filadélfia, que é amplamente reimpresso. Encorajado pelo sucesso imediato dessa história, Graham começa a "publicação em partes" de *The Prose Romances of Edgar A. Poe,* cujo primeiro número apresenta o conto sério "The Murders in the Rue Morgue" juntamente com o cômico "The Man That Was Used Up". No outono, o conto gótico "The Black Cat" (O gato pre-

3. Peças de fantasia ou Peças fantásticas. (N. do T.)

to) é seguido pelas histórias cômicas "The Elk" (O alce) e "Diddling Considered As One of the Exact Sciences" (A trapaça considerada como uma ciência exata). Começa um circuito de conferências em novembro, com o tema "Poets and Poetry in America".

1844 – Filadélfia e Nova York. Continua suas conferências sobre a poesia americana, ao mesmo tempo que contribui para grande variedade de revistas. Notáveis são a história cômica "The Spectacles" (Os óculos) e o conto de ocultismo "The Tale of the Ragged Mountains" (Conto das montanhas escarpadas). Consegue um emprego como redator no *New York Evening Mirror* e transfere sua família para Nova York, notabilizando sua chegada com uma fraude jornalística que alcança pleno sucesso no *New York Sun*, sobre uma pretensa viagem de balão através do Atlântico. Continua a publicar prolificamente em grande variedade de revistas e jornais as histórias tragicômicas: "The Premature Burial" (O funeral prematuro); "Mesmeric Revelation" (Revelação hipnótica) e "The Oblong Box" (A caixa comprida) e a sátira cômica "The Angel of the Odd" (O anjo da estranheza), que são seguidas pela peça de raciocínio "The Purloined Letter" (A carta roubada), seguida, por sua vez, por "Thou Art the Man" (Tu és o homem), uma paródia do gênero das histórias de detetive que ele tinha popularizado, se é que não foi seu inventor, durante os últimos três anos. Veio depois "The Literary Life of Thingum Bob", uma sátira sobre Graham e outros editores. Em dezembro, ele começou a coluna *Marginalia* (Notas à margem) na *Democratic Review*, uma série contínua de comentários breves e aleatórios sobre leitura, escrita e os caprichos da vida.

1845 – Nova York. Em janeiro, aparece "The Raven" (O corvo) no *Evening Mirror*. Continua sua turnê de conferências. Publica as histórias satíricas "The Thousand and Second Tale of Scheherazade" (A milésima-segunda história de Scheherazade) e "Some Words with a Mummy" (Algumas palavras com uma múmia), seguidas pelo conto "filosófico", "The Power of Words" (O poder das palavras) e o tragicômico "Imp of the Perverse" (O demônio da perversidade). Passa a colaborar com a *Broadway Journal*. Reimprime nela muitos de seus poemas e contos, do mesmo modo que contribui com mais de sessenta revisões ou ensaios literários. Começa a "Little Longfellow War" (A pequena guerra com Longfellow), uma série de cinco artigos em que acusa de plágio Longfellow, uma das figuras literárias mais populares em sua época. Em junho, Evert Duyckinck escolhe doze das histórias de Poe e as publica através da firma nova-iorquina Wiley and Putnam, sob o título de *Tales*. Em outubro, continuando suas conferências e leituras ao público, Poe lê "Al Aaraaf", no Liceu de Boston, apresentando a peça, por brincadeira, como sendo de outro autor. Enquanto isto, os editores da *Broadway Journal* tinham se desentendido, o que levou Poe a pedir grandes somas emprestadas a seus amigos, de modo que, finalmente, se bem que por um período breve, se torna proprietário e editor de sua própria revista. Continua a publicar em diversas outras revistas; notavelmente, "The System of Dr. Tarr and Prof. Fether" e o tragicômico "Facts in the Case of M. Valdemar" (Os fatos que envolveram o caso de Mr. Valdemar). No final desse ano, Wiley and Putnam publicam *The Raven and Other Poems* (O corvo e outros poemas).

1846 – Nova York. Durante o inverno, uma doença força Poe a interromper a publicação da *Broadway Journal*, que havia sofrido prejuízos durante o ano de 1845. Contribui com o conto tragicômico "The Sphinx" (A esfinge) e o ensaio semi-sarcástico "Philosophy of Composition" para outras revistas. Começa em maio "The Literati of New York City" na *Godey's*, uma série de esboços levemente satíricos de escritores nova-iorquinos bem conhecidos, inclusive Thomas Dunn English, que publica uma réplica encolerizada no *Evening Mirror*. Poe faz a tréplica em julho e, ao mesmo tempo, processa o *Mirror*, que havia impresso diversos outros ataques à sua pessoa. Embora ele vença o processo de difamação em fevereiro seguinte, Godey encerra a coluna após seu sexto artigo, publicado em novembro. Poe conclui o ano com "The Cask of Amontillado" (O barril de amontillado).

1847 – Nova York. Em janeiro, morre Virginia, o que introduz o ano menos produtivo de Poe, durante o qual ele sofre de profunda depressão e busca socorro na embriaguez. Tudo quanto ele completa, além de versões atualizadas da revisão da obra de

Hawthorne, publicada anteriormente em 1842, e de "The Landscape Garden", são dois poemas: um deles "M. L. S.", dedicado a Marie Louise Shew, a mulher que cuidou de Virginia nos últimos estágios de sua doença; e o outro, "Ulalume", publicado em dezembro.

1848 – Nova York. Em fevereiro, faz uma conferência intitulada "The Universe", na New York Society Library, um ensaio sobre o princípio da morte e da aniquilação como parte dos desígnios do Universo, que ele revisa para publicação em formato de livro no mês de julho como *Eureka.* Tenta uma série de ligações românticas: com Marie Louise Shew no princípio do ano; com Annie Richmond, na metade; e com Sarah Helen Whitman, no final do ano. A sra. Whitman, uma viúva, noiva com Poe durante um breve período, mas logo rompe o noivado. No outono, em profunda depressão, ele pode ter tomado uma grande dose de láudano. Enquanto isso, "The Rationale of Verse" é publicado, juntamente com um segundo poema, "To Helen" (dedicado a Helen Whitman). Em dezembro, ele lê "The Poetic Principle" como uma conferência em Providence.

1849 – Nova York, Richmond e Baltimore. Embora ele continue a contribuir para grande variedade de revistas, neste período seu principal publicador é o *Flag of Our Union*, de Boston, um semanário bastante popular. Ali ele publica três poemas, de março a julho, incluindo o irônico "Eldorado" e "For Annie". Também publica quatro contos, o tragicômico "Hop-Frog"; a falsa reportagem sobre a Corrida do Ouro, "Von Kempelen and His Discovery"; a sátira "X-ing a Paragrab"; e o idílico "Landor's Cottage" (A cabana de Landor). No verão, passa dois meses em Richmond, onde propõe casamento a Sarah Elmira Royster Shelton, sua namorada de infância (agora viúva) e aparentemente é aceito. Vai a Baltimore no final de setembro, onde parece ter se entregado a uma bebedeira contínua. Foi encontrado semiconsciente em frente ao local em que funcionava uma seção eleitoral, no dia três de outubro. Morre na manhã de domingo, dia sete de outubro, de "congestão cerebral" – uma lesão do cérebro, talvez complicada por uma inflamação intestinal, um coração enfraquecido e diabetes. Sua morte é seguida pelo afrontoso e ofensivo aviso de óbito, escrito por Griswold, e pela publicação de dois de seus mais belos poemas, ambos tratando do triunfo final da morte: “Annabel Lee”, no dia nove de outubro, e “The Bells” (Os sinos), no princípio de novembro.

Coleção **L&PM** POCKET

1.**Catálogo geral da Coleção**
2.**Poesias** – Fernando Pessoa
3.**O livro dos sonetos** – org. Sergio Faraco
4.**Hamlet** – Shakespeare/ trad. Millôr
5.**Isadora, fragmentos autobiográficos** – Isadora Duncan
6.**Histórias sicilianas** – G. Lampedusa
7.**O relato de Arthur Gordon Pym** – Edgar A. Poe
8.**A mulher mais linda da cidade** – Charles Bukowski
9.**O fim de Montezuma** – Hernan Cortez
10.**A ninfomania** – D. T. Bienville
11.**As aventuras de Robinson Crusoé** – Daniel Defoe
12.**Histórias de amor** – A. Bioy Casares
13.**Armadilha mortal** – Roberto Arlt
14.**Contos de fantasmas** – Daniel Defoe
15.**Os pintores cubistas** – G. Apollinaire
16.**A morte de Ivan Ilitch** – L.Tolstoi
17.**A desobediência civil** – D. H. Thoreau
18.**Liberdade, liberdade** – Flávio Rangel e Millôr Fernandes
19.**Cem sonetos de amor** – Pablo Neruda
20.**Mulheres** – Eduardo Galeano
21.**Cartas a Théo** – Van Gogh
22.**Don Juan** – Molière – Trad. Millôr Fernandes
24.**Horla** – Guy de Maupassant
25.**O caso de Charles Dexter Ward** – H. P. Lovecraft
26.**Vathek** – William Beckford
27.**Hai-Kais** – Millôr Fernandes
28.**Adeus, minha adorada** – Raymond Chandler
29.**Cartas portuguesas** – Mariana Alcoforado
30.**A mensageira das violetas** – Sonetos – Florbela Espanca
31.**Espumas flutuantes** – Castro Alves
32.**Dom Casmurro** – Machado de Assis
34.**Alves & Cia.** – Eça de Queiroz
35.**Uma temporada no inferno** – A. Rimbaud
36.**A correspondência de Fradique Mendes** – Eça de Queiroz
38.**Antologia poética** – Olavo Bilac
39.**Rei Lear – W. Shakespeare** – Trad. de Millôr Fernandes
40.**Memórias póstumas de Brás Cubas** – Machado de Assis
41.**Que loucura!** – Woody Allen
42.**O duelo** – Casanova
44.**Gentidades** – Darcy Ribeiro
45.**Memórias de um Sarg. de Milícias** – Manuel A. de Almeida
46.**Os escravos** – Castro Alves
47.**O desejo pego pelo rabo** – Pablo Picasso
48.**Os inimigos** – Máximo Gorki
49.**O colar de veludo** – Alexandre Dumas
50.**Livro dos bichos** – Org. de Sergio Faraco
51.**Quincas Borba** – Machado de Assis
53.**O exército de um homem só** – Moacyr Scliar
54.**Frankenstein** – Mary Shelley
55.**Dom Segundo Sombra** – Ricardo Güiraldes
56.**De vagões e vagabundos** – Jack London
57.**O homem bicentenário** – Isaac Asimov
58.**A viuvinha** – José de Alencar
59.**Livro das cortesãs** – Org. de Sergio Faraco
60.**Últimos poemas** – Pablo Neruda
61.**A moreninha** – Joaquim Manuel de Macedo
62.**Cinco minutos** – José de Alencar
63.**Saber envelhecer e a amizade** – Cícero
64.**Enquanto a noite não chega** – Josué Guimarães
65.**Tufão** – Joseph Conrad
66.**Aurélia** – Gérard de Nerval
67.**I-Juca-Pirama** – Gonçalves Dias
68.**Fábulas de Esopo**
69.**Teresa Filósofa** – Anônimo do Séc. XVIII
70.**Aventuras inéditas de Sherlock Holmes** – A. C. Doyle
71.**Antologia poética** – Mario Quintana
72.**Antes e depois** – Paul Gauguin
73.**A morte de Olivier Bécaille** – Émile Zola
74.**Iracema** – José de Alencar
75.**Iaiá Garcia** – Machado de Assis
76.**Utopia** – Tomás Morus
77.**Sonetos para amar o amor** – Camões
78.**Carmem** – Prosper Mérimée
79.**Senhora** – José de Alencar
80.**Hagar, o horrível 1** – Dik Browne
81.**O coração das trevas** – Joseph Conrad
82.**Um estudo em vermelho** – Conan Doyle
83.**Todos os sonetos** – Augusto dos Anjos
84.**A propriedade é um roubo** – P.-J. Proudhon
85.**Drácula** – Bram Stoker
86.**O marido complacente** – Sade
87.**De profundis** – Oscar Wilde
88.**Sem plumas** – Woody Allen
89.**Os bruzundangas** – Lima Barreto
90.**O cão dos Baskervilles** – Conan Doyle
91.**Paraísos artificiais** – Charles Baudelaire
92.**Cândido, ou o otimismo** – Voltaire
93.**Triste fim de Policarpo Quaresma** – Lima Barreto
94.**Amor de perdição** – Camilo Castelo Branco
95.**Megera domada** – Shakespeare/Millôr
96.**O mulato** – Aluísio Azevedo

97.**O alienista** – Machado de Assis
98.**O livro dos sonhos** – Jack Kerouac
99.**Noite na taverna** – Álvares de Azevedo
100.**Aura** – Carlos Fuentes
102.**Contos gauchescos e lendas do sul** – Simões Lopes Neto
103.**O cortiço** – Aluísio Azevedo
104.**Marília de Dirceu** – Tomás Antônio Gonzaga
105.**O Primo Basílio** – Eça de Queiroz
106.**O ateneu** – Raul Pompéia
107.**Um escândalo na Boêmia** – Conan Doyle
108.**Contos** – Machado de Assis
109.**200 Sonetos** – Luis Vaz de Camões
110.**O príncipe** – Maquiavel
111.**A escrava Isaura** – Bernardo Guimarães
112.**O solteirão nobre** – Conan Doyle
114.**Shakespeare de A a Z** – W. Shakespeare
115.**A relíquia** – Eça de Queiroz
117.**O livro do corpo** – Vários (org. de Sergio Faraco)
118.**Lira dos 20 anos** – Álvares de Azevedo
119.**Esaú e Jacó** – Machado de Assis
120.**A barcarola** – Pablo Neruda
121.**Os conquistadores** – Júlio Verne
122.**Contos breves** – G. Apollinaire
123.**Taipi** – Herman Melville
124.**Livro dos desaforos** – Org. de S. Faraco
125.**A mão e a luva** – Machado de Assis
126.**Doutor Miragem** – Moacyr Scliar
127.**O penitente** – Isaac B. Singer
128.**Diários da descoberta da América** – Cristóvão Colombo
129.**Édipo Rei** – Sófocles
130.**Romeu e Julieta** – William Shakespeare
131.**Hollywood** – Charles Bukowski
132.**Billy the Kid** – Pat Garrett
133.**Cuca fundida** – Woody Allen
134.**O jogador** – Dostoiévski
135.**O livro da selva** – Rudyard Kipling
136.**O vale do terror** – Conan Doyle
137.**Dançar tango em Porto Alegre** – Sergio Faraco
138.**O gaúcho** – Carlos Reverbel
139.**A volta ao mundo em oitenta dias** – Júlio Verne
140.**O livro dos esnobes** – W. M. Thackeray
141.**Amor & morte em Poodle Springs** – Raymond Chandler & R. Parker
142.**As aventuras de David Balfour** – Robert L. Stevenson
143.**Alice no País das Maravilhas** – Lewis Carroll
144.**A ressurreição** – Machado de Assis
145.**Inimigos, uma história de amor** – Isaac. B. Singer
146.**O Guarani** – José de Alencar
147.**Cidade e as serras** – Eça de Queiroz
148.**Eu e outras poesias** – Augusto dos Anjos
149.**A mulher de trinta anos** – Balzac
150.**Pomba enamorada e outros contos** – Lygia Fagundes Telles
151.**Contos fluminenses** – Machado de Assis
152.**Antes de Adão** – Jack London
153.**Intervalo amoroso** – Affonso Romano de Sant'Anna
154.**Memorial de Aires** – Machado de Assis
155.**Naufrágios e comentários** – Álvar Nuñes Cabeza de Vaca
156.**Ubirajara** – José de Alencar
157.**Textos anarquistas** – Bakunin
158.**O pirotécnico Zacarias** – Murilo Rubião
159.**Amor de salvação** – Camilo Castelo Branco
160.**O gaúcho** – José de Alencar
161.**O Livro das maravilhas** – Marco Polo
162.**Inocência** – Visconde de Taunay
163.**Helena** – Machado de Assis
164.**Uma estação de amor** – Horácio Quiroga
165.**Poesia reunida** – Martha Medeiros
166.**Memórias de Sherlock Holmes** – Sir Arthur Conan Doyle
167.**A vida de Mozart** – Stendhal
168.**O primeiro terço** – Neal Cassady
169.**O mandarim** – Eça de Queiroz
170.**Um espinho de marfim** – Marina Colasanti
171.**A ilustre Casa de Ramires** – Eça de Queiroz
172.**Lucíola** – José de Alencar
173.**Antígona** – Sófocles – trad. Donaldo Schüler
174.**Otelo** – William Shakespeare
175.**Antologia** – Gregório de Matos
176.**A liberdade de imprensa** – Karl Marx
177.**Casa de pensão** – Aluísio Azevedo
178.**São Manuel Bueno, Mártir** – Miguel de Unamuno
179.**Primaveras** – Casimiro de Abreu
180.**O noviço** – Martins Pena
181.**O sertanejo** – José de Alencar
182.**Eurico, o presbítero** – Alexandre Herculano
183.**O signo dos quatro** – Conan Doyle
184.**Sete anos no Tibet** – Heinrich Harrer
185.**Vagamundo** – Eduardo Galeano
186.**De repente acidentes** – Carl Solomon
187.**As minas de Salomão** – Rider Haggar (trad. de Eça de Queiroz)
188.**Uivo** – Allen Ginsberg
189.**A ciclista solitária** – Conan Doyle
190.**Os seis bustos de Napoleão** – Sir Arthur Conan Doyle
191.**Cortejo do divino** – Nelida Piñon
192.**Cassino Royale** – Ian Fleming
193.**Viva e deixe morrer** – Ian Fleming
194.**Os crimes do amor** – Marques de Sade

195.**Besame Mucho** – Mário Prata
196.**Tuareg** – Alberto Vásquez-Figueroa
197.**O longo adeus** – Raymond Chandler
198.**Os diamantes são eternos** – Ian Fleming
199.**Notas de um velho safado** – C. Bukowski
200.**111 ais** – Dalton Trevisan
201.**O nariz** *seguido de* **Diário de um louco** – Nicolai Gogol
202.**O capote** *seguido de* **O retrato** – Nicolai Gogol
203.**Macbeth** – William Shakespeare
204.**Heráclito** – Donaldo Schüler
205.**Você deve desistir, Osvaldo** – Cyro Martins
206.**Memórias de Garibaldi** – Alexandre Dumas
207.**A arte da guerra** – Sun Tzu
208.**Fragmentos** – Caio Fernando Abreu
209.**Festa no castelo** – Moacyr Scliar
210.**O grande deflorador** – Dalton Trevisan
211.**Corto Maltese na Etiópia** – Hugo Pratt
212.**Homem do princípio ao fim** – Millôr Fernandes
213.**Aline e seus dois namorados** – Adão Iturrusgarai
214.**A juba do leão** – Sir Arthur Conan Doyle
215.**Assassino metido a esperto** – Raymond Chandler
216.**Confissões de um comedor de ópio** – Thomas De Quincey
217.**Os sofrimentos do jovem Werther** – J. Wolfgang Goethe
218.**Fedra** – Racine – Trad. Millôr Fernandes
219.**O vampiro de Sussex** – Conan Doyle
220.**Sonho de uma noite de verão** –William Shakespeare
221.**Dias e noites de amor e de guerra** – Eduardo Galeano
222.**O Profeta** – Khalil Gibran
223.**Flávia, cabeça, tronco e membros** – Millôr Fernandes
224.**Guia da ópera** – Jeanne Suhamy
225.**Macário** – Álvares de Azevedo
226.**Etiqueta na Prática** – Celia Ribeiro
227.**Manifesto do partido comunista** – Marx & Engels
228.**Poemas** – Millôr Fernandes
229.**Um inimigo do povo** – Henrik Ibsen
230.**O paraíso destruído** – Frei Bartolomé de las Casas
231.**O gato no escuro** – Josué Guimarães
232.**O mágico de Oz** – L. Frank Baum
233.**Armas no Cyrano's** – Raymond Chandler
234.**Max e os felinos** – Moacyr Scliar
235.**Nos céus de Paris** – Alcy Cheuiche
236.**Os bandoleiros** – Schiller
237.**A primeira coisa que eu botei na boca** – Deonísio da Silva
238.**As aventuras de Simbad, o marújo**
239.**O retrato de Dorian Gray** – Oscar Wilde
240.**A carteira de meu tio** – Joaquim Manuel de Macedo
241.**A luneta mágica** – J. Manuel de Macedo
242.**A metamorfose** *seguido de* **O veredicto** – Kafka
243.**A flecha de ouro** – Joseph Conrad
244.**A ilha do tesouro** – R. L. Stevenson
245.**Marx - Vida & Obra** – José A. Giannotti
246.**Gênesis**
247.**Unidos para sempre** – Ruth Rendell
248.**A arte de amar** – Ovídio
249.**O sono eterno** – Raymond Chandler
250.**Novas receitas do Anonymus Gourmet** – J. A. Pinheiro Machado
251.**A nova catacumba** – Conan Doyle
252.**O Dr. Negro** – Sir Arthur Conan Doyle
253.**Os voluntários** – Moacyr Scliar
254.**A bela adormecida** e outras histórias – Irmãos Grimm
255.**O príncipe sapo** e outras histórias – Irmãos Grimm
256.**Confissões** *e* **Memórias** – H. Heine
257.**Viva o Alegrete** – Sergio Faraco
258.**Vou estar esperando** – R. Chandler
259.**A senhora Beate e seu filho** – Schnitzler
260.**O ovo apunhalado** – Caio Fernando Abreu
261.**O ciclo das águas** – Moacyr Scliar
262.**Millôr Definitivo** – Millôr Fernandes
263.**O foguete da morte** – Ian Fleming
264.**Viagem ao centro da terra** – Júlio Verne
265.**A dama do lago** – Raymond Chandler
266.**Caninos brancos** – Jack London
267.**O médico e o monstro** – R. L. Stevenson
268.**A tempestade** – William Shakespeare
269.**Assassinatos na rua Morgue e outras histórias** – Edgar Allan Poe
270.**99 corruíras nanicas** – Dalton Trevisan
271.**Broquéis** – Cruz e Sousa
272.**Mês de cães danados** – Moacyr Scliar
273.**Anarquistas – vol. 1 – A idéia** – George Woodcock
274.**Anarquistas – vol. 2 – O movimento** – George Woodcock
275.**Pai e filho, filho e pai** – Moacyr Scliar
276.**As aventuras de Tom Sawyer** – Mark Twain
277.**Muito barulho por nada** – W. Shakespeare
278.**Elogio à Loucura** – Erasmo
279.**Autobiografia de Alice B. Toklas** – Gertrude Stein
280.**O chamado da floresta** – Jack London
281.**Uma agulha para o diabo** – Ruth Rendell
282.**Verdes vales do fim do mundo** – Antonio Bivar
283.**Ovelhas negras** – Caio Fernando Abreu

284.**O fantasma de Canterville** – O. Wilde
285.**Receitas de Yayá Ribeiro** – Celia Ribeiro
286.**A galinha degolada** – Horácio Quiroga
287.**O último adeus de Sherlock Holmes** – Arthur Conan Doyle
288.**A. Gourmet *em* Histórias de cama & mesa** – J. A. Pinheiro Machado
289.**Topless** – Martha Medeiros
290.**Mais receitas do Anonymus Gourmet** – J. A. Pinheiro Machado
291.**Origens do discurso democrático** – Donaldo Schüler
292.**Humor politicamente incorreto** – Nani
293.**O teatro do bem e do mal** – Eduardo Galeano
294.**Garibaldi & Manoela** – Josué Guimarães
295.**10 dias que abalaram o mundo** – John Reed
296.**Numa fria** – Charles Bukowski
297.**Poesia de Florbela Espanca** vol. 1
298.**Poesia de Florbela Espanca** vol. 2
299.**Escreva certo** – Édison de Oliveira e Maria Elyse Bernd
300.**O vermelho e o negro** – Stendhal
301.**Ecce homo** – Friedrich Nietzsche
302.**Comer bem, sem culpa** – Dr. Fernando Lucchese, A. Gourmet e Iotti
303.**O livro de Cesário Verde** – Cesário Verde
304.**O reino das cebolas** – Cintia Moscovich
305.**100 receitas de macarrão** – S. Lancellotti
306.**160 receitas de molhos** – S. Lancellotti
307.**100 receitas light** – Helena e Ângela Tonetto
308.**100 receitas de sobremesas** – Celia Ribeiro
309.**Mais de 100 dicas de churrasco** – Leon Diziekaniak
310.**100 receitas de acompanhamentos** – Carmen Cabeda
311.**Honra ou vendetta** – Sílvio Lancellotti
312.**A alma do homem sob o socialismo** – Oscar Wilde
313.**Tudo sobre Yôga** – Mestre De Rose
314.**Os varões assinalados** – Tabajara Ruas
315.**Édipo em Colono** – Sófocles
316.**Lisístrata** – Aristófanes/ trad. Millôr
317.**Sonhos de Bunker Hill** – John Fante
318.**Os deuses de Raquel** – Moacyr Scliar
319.**O colosso de Marússia** – Henry Miller
320.**As eruditas** – Molière/ trad. Millôr
321.**Radicci 1** – Iotti
322.**Os Sete contra Tebas** – Ésquilo
323.**Brasil Terra à Vista** – Eduardo Bueno
324.**Radicci 2** – Iotti
325.**Júlio César** – William Shakespeare
326.**A carta de Pero Vaz de Caminha** – Silvio Castro
327.**Cozinha Clássica** – Sílvio Lancellotti
328.**Madame Bovary** – Gustave Flaubert
329.**Dicionário do viajante insólito** – Moacyr Scliar
330.**O capitão saiu para o almoço...** – Charles Bukowski
331.**A carta roubada e outras histórias de crime & mistério** – Edgar Allan Poe
332.**É tarde para saber** – Josué Guimarães
333.**O livro de bolso da Astrologia** – Maggy Harrissonx e Mellina Li
334.**1933 foi um ano ruim** – John Fante
335.**100 receitas de arroz** – Aninha Comas
336.**Guia prático do Português correto** – Cláudio Moreno
337.**Bartleby, o escriturário** – Herman Melville
338.**Enterrem meu coração na curva do rio** – Dee Brown
339.**Um conto de Natal** – Charles Dickens
340.**Cozinha sem segredos** – J. A. Pinheiro Machado
341.**A dama das Camélias** – Alexandre Dumas Filho
342.**Alimentação saudável** – Helena e Ângela Tonetto
343.**Continhos galantes** – Dalton Trevisan
344.**A Divina Comédia** – Dante Alighieri
345.**A Dupla Sertanojo** – Santiago
346.**Cavalos do amanhecer** – Mario Arregui
347.**Biografia de Vincent van Gogh por sua cunhada** – Jo van Gogh-Bonger
348.**Radicci 3** – Iotti
349.**Nada de novo no front** – Eric M. Remarque
350.**A hora dos assassinos** – Henry Miller
351.**Flush - Memórias de um cão** – Virginia Woolf
352.**A guerra no Bom Fim** – Moacyr Scliar
353 (1).**O caso Saint-Fiacre** – Georges Simenon
354 (2).**Morte na alta sociedade** – Georges Simenon
355(3).**O cão amarelo** – Georges Simenon
356 (4).**Maigret e o homem do banco** – Georges Simenon
357.**As uvas e o vento** – Pablo Neruda
358.**On the road** – Jack Kerouac
359.**Coração amarelo** – Pablo Neruda
360.**Livro das perguntas** – Pablo Neruda

Coleção **L&PM** POCKET / SAÚDE

1.**Pílulas para viver melhor** – Dr. Fernando Lucchese
2.**Pílulas para prolongar a juventude** – Dr. Fernando Lucchese
3.**Desembarcando o Diabetes** – Dr. Fernando Lucchese
4.**Desembarcando o Sedentarismo** – Dr. Fernando Lucchese